美徳のよろめき

美德的徘徊

三島由紀夫

楊炳辰 譯

目錄
contents

第一章

貿然從嚴謹的話題開始，不知是否恰當，不過，話說倉越夫人只有二十八歲，卻擁有天賦的性感。她出身於門第高貴的家庭，家教嚴格。節子與探究心、理論、灑脫的言談、文學等性感以外的東西一概無緣；所以，她命中注定只能天真、一本正經地在性感之海上漂浮。讓這樣的女人愛上的男人，才是最有福氣的。

節子娘家藤井是缺乏風趣的上流家族。忙碌的一家之主常不在家，女人們占了優勢，家裡笑聲始終不斷，但卻越來越缺乏灰諧機智。尤其上流家庭更是如此。從孩提時候開始，節子就學會了偽善。她做夢也沒想到那是不好的事，當然，這也算不上是她的罪過。

但在這樣的環境之下，節子對音樂和服裝的喜好，確實是有品味的。她的談吐雖然缺乏機智，不過只要有耳朵的人，聽到那略帶刻板的優雅、快速迴轉的語調、一定的語速、一定的遣詞，即使從電話裡聽，都能覺察出節子的好教養。那頑固地表現出一定階級的特徵，是那些暴發戶想模仿也模仿不來的。

在現代，只要沒有野心，光這一點就可被稱優雅了。如此說來，節子是優雅的。對女人來說，優雅可是美的代名詞。難怪男人們寧可去追求不漂亮但優雅的女人，也不去追求小家碧玉型的美女。

少女時代，節子有兩、三個意中人，但最終還是和父親決定的男人結了婚。丈夫倉越一郎，給了她世上普通男人入門水準的愛，節子忠實地接受了。他們生了一個男孩。但似乎總還是有些不滿足。假如不是那份淺薄的愛，節子也許不會想河對岸的事；那不高明的愛將節子帶到了河邊，她才注意到河對岸搖曳的青草。在這一岸丈夫睡著了，明明年紀還沒到，但他已開始午睡了。他們結婚才三年，夫妻間的性生活已冷淡了。

節子有時會想起婚前，唯有一次，她與丈夫以外的男人接吻的事。那人是在避暑地認識的同齡青年土屋。那次接吻未必能說是玩玩，但畢竟是拙劣的。節子只記得她慌慌張張地在那男人乾燥的嘴唇上輕輕蹭了一下。從丈夫那兒學來的接吻，比這個吻要複雜得多了。

儘管與那青年的接吻僅僅只有一次，只是一瞬間，而且還是笨拙的，然而在節子的記憶裡，反而顯得十分重要。百無聊賴的時候，節子把從丈夫那兒學來的複雜的吻，一個一個安在土屋身上，但又突然一驚，趕快收起想像。「那絕不是戀情。」節子想，「當時要是換了現在的我，應該能教他許多呢。」這種想法不過是忠實的學生偶爾渴望成為教師的幻想而已。

節子一向抱有執著的道德觀念，不過只有對幻想卻是寬容的。這位教養很好的女人，其羞恥心只因為教養而起作用，所以夜裡不管夢到什麼，她都不會感到羞恥。只是生怕自己做的夢，被誰偷看了！

那個叫土屋的男人，在節子結婚後，偶爾也照過面，有時是在舞會上、餐館或咖啡館裡，有時也會在飯店的大廳、車站的候車室裡。

土屋老是一副若有所思的神情盯著節子。每次，兩人只是匆匆地說幾句無關緊要的話。身材瘦高，臉色略帶蒼白，還有那帶有些抒情味的嘴唇……現在的土屋與二十歲時一點都沒變。他衣著潔淨，追求有些頹廢的時髦，帶著一種怯生生的消極情態。節子弄不明白，這人怎麼會活得如此瀟灑。節子總感到不可思議，這青年在某處自由自在生活著，而自己則在這邊活成這樣。

話雖如此，如果把這看作土屋念念不忘節子的話，似乎也合情合理。若節子這麼想也無可厚非，只是再多想下去便覺這也過於合情合理了。

在飯店大廳、咖啡館、機場的候機室，有時在不起眼的街角，他們不期而遇，就兩、三分鐘站著說話的時間，節子都不禁會瞄一眼土屋的嘴唇，那嘴唇恰好與節子的視線一般高。

冬天看到的嘴唇是乾裂的，夏天看到的嘴唇是乾燥的，節子體驗過的是夏天的嘴唇。

節子並沒有覺得特別惋惜；那時，兩人只是嘴唇輕輕碰了一下，此後便各過各的了。那是某種詩意般的感受，即使不是詩人也能經歷過的。

偶然碰到土屋的那天，回到家裡，節子便會在年幼兒子菊夫的嘴唇上輕輕吻一下，算是對這一天的紀念。從少女時代起，節子便喜歡瘦削型的少年。她老盼望著菊夫也能長成瘦高、輕巧的少年。

節子有不少女性朋友，她雖然缺乏機智，但個性卻討人喜歡。朋友一個個都結了婚，也頻頻發生婚外情，節子成了忠實的聽眾。從她們嘴裡聽到的男人，大多像刺客一樣，躲在幽暗街角，虎視眈眈地等候機會。節子在現實生活中從沒見過這種男人。

因此問節子喜歡的典型，她只能報出幾個平庸演員的名字。節子喜歡的型完全是官能的。男人只要不粗魯，有漂亮的臉蛋和充滿彈性的肉體就足夠了。當然，最重要的是年輕。

對男人的野心、工作熱情、精神上的睿智等，節子毫不關心。肥胖醜陋的男人即使把旺盛的精力全部投入事業，或實現理想什麼的，在她看來，只不過是滑稽的代名詞。寒酸相十足的世界級學者算什麼寶物。常聽人說熱心工作的男人看起來俊美耀眼，但本來就不好看的男人，即使熱心於工作，又能改變到什麼地步呢？節子就像到處可見的知性女性，堅決相信從女人眼中看到的世界，絕不會因男人的評斷而感到迷惘。

節子下意識所抱持的階級偏見，與最後妥協形成這樣的認知是微妙的。她不尊重野性。她認為讓男人展現魅力，必須花錢打扮，還必須具備一定教養的措辭能力。

有一天，她聽見自己的朋友，一位不拘小節的太太，在幾個同性朋友面前用天真爛漫的語調報告自己的發現：

「我發現了一顆黑痣，而且是很大顆的黑痣。我活了三十年，居然長了我自己都沒發現的黑痣呢。」

那位太太大聲說著，有一晚，因為她丈夫出門旅行，她一個人在家閒得無聊，拿出鏡子仔細端詳自己的身體，這才發現了那顆悄悄躺在內衣縐褶裡、櫻桃般大小的黑痣。

轉眼間，太太將這無聊故事添加了些人生教訓：

「所以說自以為很了解自己了，其實才不是那樣。三十年與『自己』朝夕相處，還會有渾然不覺的黑痣出現呢。」

那天晚上，節子坐在沉沉睡去的丈夫身邊，想起早上那位太太講的話，不禁臉紅：「我身上還未察覺的黑痣究竟藏在哪裡呢？」

幾乎每天丈夫睡著後，節子反而清醒了，她夢想遨遊的時間開始了。以前，有幾次想到興奮時，她去推醒丈夫，但兩、三次被拒絕後，她也就作罷了。現在她甚至覺得，若是丈夫醒來，反而會對她的幻夢構成阻礙。

節子想起結婚前，在海邊的散步道上，曾有個男人忽然用手臂圍住她的肩膀。那臂膀的分量，抓住時感覺到的上臂結實肌肉，直到現在還記憶猶新。但她怎樣也想不起那男人的臉。像這種模糊的記憶，節子光想來想去，就花費了好幾個小時。

不僅如此，白天在擁擠的電車裡，一個男人的肩膀擠著她，節子會忽然覺得這觸感彷彿有些熟悉。再看看那個人的臉，她根本不認識。那肩膀也許和誰的肩膀很像吧。這時，節子多少帶些滿足地想：「我簡直像個妓女。」

菊夫每天讓傭人送到幼兒園，回家時他又帶回幾個小朋友，下午就在自己房裡或戶外玩耍。丈夫除了有時和節子一起出門，每天照例要午夜十二點才回家，有時甚至都一點了，還不回家。節子不懂嫉妒，所以也就用不著填補漫長空閒的感情。

節子只與女性朋友交往。請別人來家喝茶，上別人家去喝茶。一起去買東西。去看戲、看電影……雖說如此，節子卻漸漸覺得自己與她們不一樣。她不是看不起別人，也不是膩煩她們，她只是覺得自己與大家所關心的不同。節子溫順可愛，沒有任何野心，也沒有過度的教養，但她就是隱約覺得自己與眾不同。

或許這樣的印象是來自於節子的無知，或者是她太不懂人情世故而已。她無法理解其他女性與她的感覺其實是一樣的。

然而這樣的狀態卻被一件小事輕易打破了。有天節子和丈夫一起參加舞會。土屋邀節子跳了一曲。舞畢，土屋對節子說，有點小事想麻煩她，明天下午三點，在節子家附近車站的月台上等他。第二天下午三點，節子沒前去赴約。她想試試土屋有沒有膽量敢直接上她家來。她一直在家裡等著，但土屋沒來。節子瞧不起土屋，生了一整天的氣，節子終於明白自己愛上土屋了。

第二章

節子沒有搞什麼「微妙的戀愛」，她不適合做那種事。雖然她這樣的為人與她的優雅沒有任何牴觸。

節子想談一場「道德的戀愛」、「幻想的戀愛」。或許有人會有非分的請求，但只要堅持不答應就好了。三天裡，她沉醉在自己編織的甜美幻想中，好不容易冷靜下來後，她打電話給土屋，還特地用公共電話打。

「上次家裡有事沒能去成。今天有空的話，可以和你見面。我不要那種以後會後悔的男女幽會。我先生也說了，正常的交往，就是結交男性朋友也沒關係……」她用生硬的語調，很快地說了這些，但心頭小鹿亂撞。

土屋答應了。誰知到約會地點一碰面，反倒是節子自己先失望了。土屋的臉上沒有任何戀愛中的表情。

不僅如此，土屋還煞有介事地表面有事與節子商討：因為節子她們有一個幫助身障者的義賣活動，土屋的妹妹想捐些東西。節子當然同意。但節子知道，土屋是為了掩飾羞怯，才故意找了個藉口。

他新刮過鬍子的臉頰上散發青光，初冬季節，穿著縫製精良的衣服。襯衫袖口上綴著亞歷山大石的袖釦。從袖釦裡伸出的手背，汗毛很濃。節子不禁想：「恐怕他渾身的汗毛都很濃密吧。」那個夏天的印象突然甦醒；節子自己也驚訝，怎麼會忘記了土屋這個明顯的外表特徵呢。以前，除了這個人的嘴唇，節子完全沒想到他的肉體。

土屋完全沒變。你覺得他傲慢吧，他卻擺出謙虛的樣子，像個逃犯似地戰戰兢兢，絕不正面看節子一眼。他話很少，節子的應答中斷，他也不作聲。沉默時，他毫不顧忌任何人，一臉無聊的樣子，就連節子也立即注意到了。

小心謹慎的節子反而定下心來，她想：

「拿他當對象，我想談那道德般的戀愛看來行得通。」

然而，節子的如意算盤落空了。她打算從自己倦怠的生活中，從土屋身上感到的魅力中，只抽出安全的部分。只是，既然以安全為目標，那麼即使不是戀愛，友情也可以啊。

兩人約好下星期二下午再碰面。

節子有一種奇怪的想法：「這個人沒有我想像地那樣愛我。」這卻令她感到放心。照理說，節子若真心愛上土屋，她應該會感到難受，可是現在節子卻覺得給她帶來了祕密的幸福。為什麼呢？根據節子的想法，這無非證明了土屋也沒有愛上自己以外的女人。

男人尚處於休眠狀態，確實讓節子感到快活。也許是受那老睡不醒的丈夫影響，她對性慾強、衝動的男人感到厭惡，不知不覺中在節子心裡生了根。「倦怠將女人趕到衝動激烈的男人那兒去」的說法，其實也未必妥當。

節子的月經每月都遲來，已經持續很久了。一到這種時候，就會有一種莫名其妙的悲哀向她襲來。月經來的這段期間可謂是鮮紅的喪事。

一個人的時候，她鎖上房門，從鏡子裡望著赤裸的自己，這種悲哀才會稍微減輕些。節子的身體絕不能說豐滿，乳房有些下垂。從平坦的胸部如流淌的樹脂凝固般嬌小、孩子般的乳房，不痛快地互相背對著臉。身體部位最漂亮的要數她的腿了。她的上半身靠不住，但下半身有某種韻味。節子的腿筆直而又細長，在日本人之中是少見的。雙腿湊近暖爐烤一下，薄薄的皮膚下會隱約透出微紅的斑。不穿襪子時看起來像穿了雙綿密的絹襪；穿上襪子看來像沒穿襪子。「假如土屋拚命索求的話，就讓他吻這雙腿。」節子想。

她的肩很美，胛骨微微露出，胸部的輪廓絕不算寬闊；但肩部的線條真切勾勒出柔順的斜面。最讓節子得意的還是那肌膚的潔白無瑕。與西洋人那種看得見血管的白不同，她的可說是絕對的潔白。全都潤澤光滑，隱約的光澤擦去了陰影，看起來纖塵不染。

……節子看著鏡中那毫不感羞怯的身體，悲傷舒緩了下來。悲哀跟著少量血的流失，她的感情從她的肉體中逃脫，她感到徬徨迷茫。為了治癒傷心，重新與自己肉體和睦相處。流失的感情復甦了，流回到肉體中，充塞進肉體中，於是，波瀾平息了……帶幾分慵懶、溫暖、肉體圓滿的自足狀態又恢復了。

即使在深夜的幻夢裡，節子都不會將土屋想成打自己主意、襲擊自己的人。她只做這樣天真無瑕的夢：她得意的光滑白肌，與他那汗毛濃密、緊繃的皮膚互相摩擦著。那肯定是乾燥的感覺，令人想起在冬色漸深的日子裡，用嶄新毛巾擦拭曾被夏日汗水濡濕的肌膚時的那種觸覺。

節子的幻想力是有限的。即使看到床頭櫃裡丈夫老早買來收藏的幾張畫和照片，她也無法理解那變形醜陋的恍惚表情是怎麼一回事。「那是假的吧，或許是在作戲。」節子想。

啊，下午真是漫長啊。下午，節子把藤椅搬到對開式的窗下。她想試試自己能不能模仿幾小時的雕像。這種試驗往往堅持不到五分鐘。但即使動過了，她也覺得雕像在自己的內部。

日照短的日子，兩點一過太陽就西斜了。先前照在胸部上的陽光漸漸朝腹部移去，籠罩在陰影裡的胸部感到冷颼颼的，但節子不想移動椅子。「如潮水般的陽光，漸漸從無聲站立的雕像身上退去，該是怎樣的感覺啊。對外界沒有抵抗，也不讓外界靠近自身內部一步，如同青銅像一般，該是怎樣的感覺啊？」她想著。

第三章

當下個星期二到來的時候，節子花了很長時間打扮與化妝，她沉浸在有目的而新鮮的快樂之中。連內衣也很在意，她特地選了條深咖啡色的襯裙。襯裙下襬滾著一條花邊，像冬天天空般的淺藍色。再穿上一件淺咖啡色的合身洋裝，灑上一點常用的讓・巴杜（Jean Patou）的ＪＯＹ香水。

然後她與土屋碰到面時，土屋還是那張臉，完全看不出感情上有層層漸進的變化。難道這時髦青年身上，有著超乎節子、異常頑固的道德觀念嗎？節子對此似乎有了反彈。明明是她自己促成了這次約會，但與土屋見了面，卻又一副說教的口吻。她大肆強調自己身為妻子、身為母親受到的種種束縛，同時又不得不站在束縛自己的人這一邊。節子把單身的土屋當孩子來對待，所以認為自己有必要強調又是妻子又是母親的處境。

突然土屋提出：我不想聽孩子的事。「那說丈夫的事好嗎？」節子問。土屋回答，好吧。看來土屋很有興趣聽節子丈夫的事，又竭力掩飾自己興奮的表情。節子不喜歡他那副開心的樣子。

為了敦促土屋，節子故意說：「今晚十點以前必須回家。十點是極限了，得再稍微早一點。」為了讓土屋覺得這謊言更像是真的，節子繼續編造：「不管怎麼晚，我先生習慣一定在十點半以前回家。」節子沒有想到，以後這謊話讓她作繭自縛。

土屋饒有興趣地聽節子說她丈夫的事，這回該輪到節子打聽土屋以前女友的事。他支支吾吾兜了大圈子才進入正題。但當他正要說出第一個女友的名字時，節子的手飛快地動起來，連她自己也感到吃驚：突然用手按住了土屋的嘴唇。

土屋微微紅了紅臉，不作聲了。節子驚訝極了：手迅速的動作，究竟是要封住土屋的口呢，還是突然想摸一摸那嘴唇？

走到街上，節子覺得，土屋實在不夠細心。他完全沒有意識到，自己正帶著別人的妻子散步。對節子來說，她並不滿足於這麼做。她覺得該避開世人耳目，體驗一下讓人捏把汗的感受才有意思。她想著該如何將自己的恐懼心情完整地傳達給土屋，可是她絕望了，其實什麼也不會發生，只是節子偏愛這種恐懼罷了。土屋其實也察覺了節子的心思，只是若能趣味相投，當然更好了。

街上突然暗下來了。節子硬拖著土屋走人煙稀少的暗巷。她恐怕土屋誤會，反覆聲明自己還是很怕世人的閒話。說是這樣說，但先挽起土屋的手的還是節子。

每當看到一輛眼熟的汽車擦身而過，或是店裡出來兩、三個談笑的客人，節子就會身體僵硬，急忙從土屋的手中抽回自己的手。最後在一間餐廳的不顯眼角落落了座，節子嘗到了一種躲過許多危難般的疲勞。

節子看到了眼前土屋那張毫無意義的笑臉。冷酷少年般的表情，似乎在笑她膽小如鼠。

「你可真沉得住氣啊。」

節子從大開本的菜單上抬起眼說。與此同時，這位能斬斷她的膽小、客觀的土屋，卻漸漸讓節子認為是靠得住的。

三、兩杯酒下肚，土屋說起露骨的俏皮話。這是看似拘謹呆板的他少年時代就有的癖好。奇怪的是，從他嘴出來的下流話，並不覺得怎麼下流。他似乎習慣了這種與他年齡不相稱的冷淡語調。

兩人之間共同的熟人很多。有位夫人，節子覺得她是個虔誠的基督教徒，而土屋則聽說這位夫人有性方面的怪癖。突然，土屋說了一句：

「我覺得衣服穿得整整齊齊吃飯，飯不好吃。我喜歡脫得精光進食。」

「你一個人？」

「妳可真還像個孩子。」

土屋用高高在上的口吻說。

這句話以後給了節子相當的影響。那情景是以前她想都想不到的。每次用餐，甚至和丈夫一起進早餐時，她都會想到這句話。恐怕那是土屋從哪個放蕩的朋友那兒聽來的，現學現賣，充當自己的經驗拿出來誇口的吧。那句話沒有讓節子感到嫉妒，也沒有產生性誘惑。只是教養好的節子發出了天真的讚嘆之聲：實在太沒規矩了！

……節子先注意到時間不早了。誰知土屋卻煞有介事地看看表說：

「已經九點半了。」

節子有些埋怨地看著土屋。一開始是節子自己規定時間的，所以她一句話也說不出來。但是，本就該由節子來說「時間到了」之類的話，不料卻被對方搶了個先，她恨恨地咬著嘴唇。

在送她回家的車裡，土屋的手臂輕輕地搭上節子的肩膀，節子身體僵硬，彆扭極了。她知道離她家不遠處有條陰暗的河邊散步道。假如土屋也下車，把我送到家門口的話，說不定我會准他親我吧；就此拒絕，土屋會生氣吧。誰教他剛才搶在我前頭說時間，也該給他個報復……節子想著。

誰知土屋竟沒下車，只是無精打采地從車裡伸出了手，讓節子握了握。節子也想好了絕不目送他的車離去，於是也這麼做了。

回到家裡，接下來的幾個小時她焦灼地等待丈夫回家。節子一直坐著，想著剛才土屋說的那句話：「脫得精光進食」，該有個桌子吧。否則那盤子只能放在光光的肚子上了。那盤子肯定會讓肚子上的皮膚感到涼颼颼的。突然她彷彿覺得土屋毛茸茸的手臂伸過來，像鷹爪一樣來抓節子盤子裡的東西。兩人用嘴撕碎，放到嘴裡吃掉的水果該是怎樣的味道呀。

幾小時裡節子就想著這些。於是，只剩下這純粹的官能畫面讓她滿足，對土屋那份似戀似怨的心思淡薄地連影子也沒留下。說什麼人會戀舊，都是騙人的。人需要的是某種小小的、新鮮的幻影。

丈夫終於回家了。滿身酒氣，一如往常一樣，眼睛張不開，睡意朦朧。節子想不懂自己為什麼會那樣焦灼地等待丈夫，不就是讓酒染紅、毫無生氣、睡得爛熟的一團肉嗎？

在房間一角的小床上睡著菊夫。那一晚節子不想吻他。和土屋相會已不再是偶然的事了，於是，給孩子的吻也成了大逆不道的事了。

第四章

節子對自己的身分抱著十分矜持的態度，但談到自己的感情和思考等，她卻沒有過慮的傾向。這是節子的好品德。從恬淡的心情出發，她不認為現在自己陷入的空虛，或有時也可稱作苦惱的東西，有分析的必要。她注意到心裡的某個角落，有種使自己認為與別人不一樣而感到痛苦的平庸性格。從痛苦這點來說，有時是危險的，如同她在氧氣稀少的地方感到難受那般，為自己的存在感的稀少而陷入苦惱。

作為母親，節子是草率的。幸虧孩子健康，沒什麼疾病拖累她；要真是換了神經質的孩子，看到母親的愛反覆無常，早就要得病了。她有時愛菊夫愛到恨不能把他一口給吃了，有時候則把孩子當作空氣。

一般女人不是都想藉由對孩子的愛來加深那稀薄的存在感嗎？但節子不會。她覺得充實的存在應該有一種詩意般的東西，詩也要是最情色的詩。觀念也要最貼近性感的東西。可是這並不像男人那樣，從觀念向性感轉移，而是將性感真正觀念化，從而使肉體化為寶石般耀眼的存在……

節子開始想到，有可能難以保證接下來的約會了。她老覺得土屋顯得無精打采是自己的問題。倒不是自己缺乏魅力，說穿了是自己根本沒有氣力的緣故。

她覺得這種愛情遊戲該收場了。為了向對方說一聲，這次還是得去。她故意遲到了三十分鐘。等得不耐的土屋，一見面就對節子說：「今晚有個聚會，最遲八點以前得去。妳不是也想早點回家嗎？妳也比較方便。」聽起來像在挖苦節子。這回節子又讓他搶了先，失去了一次由自己開口說出分手的機會。「反正下次不守約也沒關係了，就讓這最後一次約會輕鬆點吧。」節子在心裡輕易地讓了步。

節子仔細打量眼前這個人的臉，這個差一點讓她受苦的男人。那緊繃的臉、灰暗的眼睛、鮮亮的頭髮都讓節子喜歡。的確，土屋的外表很合節子的喜好，但以前節子沒這麼想，那恐怕是土屋成長太慢的緣故吧。尤其是土屋具難以捉摸的異性氣質，符合節子戀愛的條件。他很單純，但看起來有些狡猾。他像初學者那樣結結巴巴，然而每當節子看出他內心有什麼企圖時，差一點連這種企圖也喜歡上了。節子還喜歡他不高興時的臉，喜歡他說話時的神氣；不正經的腔調，一會兒說得文雅，一會兒又說得粗俗。

真要戀愛的話，條件都湊齊了，不足的可說只差嫉妒了。如果今天真是最後一次約會，那就沒必要將這些湊齊的條件放在心上了，開心點就好了，但節子偏偏瑣碎地想起些擔心的事：她被土屋剛才說的，「八點鐘有聚會」的話弄得心神不寧。

晚上八點真的有聚會嗎？這個疑問雖然沒有問出口，卻不斷在節子的腦中出現。節子想，莫非是他氣她今天遲到，臨時編出來報復她的？等他不生氣了，說改變主意不去參加聚會了，節子也許會徹底原諒他的謊話，甚至會考慮再跟他約一次會。但假如那是真的呢……眼看八點就快到了。節子相信土屋掌握了巧妙兜圈子的方法，能讓對方感覺不到他在嫉妒。於是她說：

「我知道你很忙，真的有約的話，今天只能到八點了。但這事你隨時都能找時機告訴我的。而你卻故意因我晚到了，一氣之下說了這話。」

她光打算責備土屋的狡猾，那種善於利用自己的不高興來作文章的手段。誰知這樣的怨言最終還是對節子不利。土屋客氣地說：「我一氣之下也只能這麼說啊。」

「但你真會冷不防找到好時機嗆我。」

土屋先是不作聲，然後嘴裡嘟嘟囔囔，說今天的聚會真的很重要，關係到今後的晉升什麼的。節子聽罷，又說：

「唉呀我又沒懷疑聚會的事，你認為我懷疑你說的話嗎？」

為了證明自己的清白，也為了制止節子的好奇心，土屋建議節子，送他去聚會的地點——築地的一間餐廳。到那裡叫女侍什麼的出來問一問召集人是誰，立刻就真相大白了。節子急忙說：「算了，算了，管他是誰召集的呢？」

相反的，土屋越是急著想趕赴那會場，節子越是故意挽著他的手朝相反的方向走。終於，節子對著急不已的土屋說：

「我下定決心了，我們不要再會面了。」

土屋又申辯起來，節子聽了挺舒服：「別說這樣的話嘛，下星期同一天、同一時間、同一地點再見面吧。下次絕不會有什麼其他的聚會了。」節子沒搭話，只是硬拉著土屋又轉了十五分鐘，然後攔下一輛計程車，一邊告別一邊上了車。她從後車窗看到了茫然站在路當中的土屋。節子喜歡那種孤獨的樣子。如果此時，土屋立刻轉身直奔聚會地而去的話，她該有多麼不幸呀！

那是兩、三天後的事。

節子去參加一個與四、五位女性朋友相聚的固定聚會。這是自從與土屋約會後，節子第一次參加。這個聚會其實挺無聊的。節子覺得也許是和土屋約會的關係，自己心裡多了些能忍耐無聊、沉悶的力氣。於是才想到出席那聚會。

節子在那裡還是聽到了一些小道消息。一位太太說出了土屋的名字，節子立即豎起耳朵。說的是土屋與一女演員的事，純粹是道聽途說，並沒有暗示他們有更深關係。

先前提到過，節子從未吃過丈夫的醋，在她心裡似乎有種不讓嫉妒生成的頑固組織。因此即使豎起耳朵聽土屋的情事，她也不覺得心痛，連自己都感到奇怪，她毫無痛苦。

節子雖然沒看過那名女演員的電影，但看過雜誌上的照片和報導，看過她那張臉及穿泳裝姿態，大致知道那女演員的經歷、對生活的看法，以及心目中「理想的男性」。關於「理想的男性」，女演員說得很模糊，沒給人留下什麼具體的印象，只是些老套的說詞而已。

節子的偏見使她瞧不起演員這種職業。作為一個女人，女演員似乎沒有一個可稱得上服裝品味高雅的。這是她看不起女演員的表面理由，實際上，她覺得她們教養不好。節子討厭大眾化的趣味。

然而，忽然間節子也插入了那場談話。一種微妙的反作用，竟使她用柔和的語調誇獎那女演員來：服裝的品味雖不怎麼樣，但演技還可以；那張臉雖說不上有氣質，但還滿討人喜歡的。

「妳看過她演的電影嗎？」一位太太問。

「看過好幾回呢。」節子撒謊說。

回到家裡，她為自己公正的態度而沾沾自喜。她自己也不明白怎麼會忽然高興起來……

今天，她彷彿感到自己從一切偏見中掙脫出來，而且也從戀愛中得到自由。

第五章

節子預感遲早她是個退讓者，不過這個危險徵兆近來她明確意識到，自己還掌握並保留著某種權利；全能與自由的感覺與日俱增。她覺得避開土屋且不再和他約會的想法，只會被認為是軟弱。躊躇也會被視為軟弱。縱然顯而易見地這樣的處理實際上是理智的，但是她又覺得故意疏遠反而近乎相思，那份軟弱也就在她心裡漸漸消失了。

後來的一次約會讓節子感到興奮、愉快。於是，他們開始頻繁地約會。

土屋還是那副泰然自若的樣子。他那羅曼蒂克的外表上，的確能讓人感覺出戀愛中男子的韻味。因此他似乎有種可以避免盡任何感情義務的本事。

第一次（正確地說九年前才是第一次，現在該是第二次）接吻是在節子安排的地方。連續幾次約會後，土屋把節子送到她家附近，並第一次隨節子下了車。遺憾的是，這次又是節子藉故讓他下車。「你喝醉了，我陪你走幾步吧。」其實那時土屋沒有喝醉。

土屋不稱節子的丈夫是「妳先生」，最近他老是稱為「妳家主人」。「不怕妳家主人回來時撞見嗎？」土屋擔心地說，但聽起來卻像是有一半喜歡那危險的感覺。節子說：「走對岸沒關係。」兩人走過了小橋。

夜裡很冷，兩人穿著外套的手臂緊緊地挽著。走不多遠，節子站住，給了個暗示。土屋的嘴唇漸漸湊近了。快要碰到節子嘴唇時，他忽然停住，露出一絲微笑說：「我可不管嘍？」節子一把抓住土屋，算是回答。他外套的料子厚，抓不緊。兩人接吻了。土屋的吻比起九年前要出色得多，儘管事隔多年，這是理所當然的，但節子還是大感驚訝。

那一晚，一如往常她一個人等著丈夫回家。節子心裡生出一種說不清的寂寞。她幻想中的土屋還是那個只會笨拙接吻的土屋呀。她不滿男人總是缺少體貼。如果能再次嘗到土屋出色的吻，那當然很好。只是今晚她多麼希望土屋給她一個笨拙的吻，哪怕作戲也可以。但她多少了解一些男人的虛榮心，於是心情也就變得寬容了。

節子在幹什麼呢？這是戀愛吧。對節子來說，必不能讓自己官能的靈魂得到滿足，所以她只有依靠自己寬容的美德。

她和土屋的約會越來越頻繁。土屋一直保持著彬彬有禮的態度。在昏暗的河邊散步，分手時的接吻……也許在他看來不過是帶些甜味的禮貌而已。

「別答應他不就沒事了嘛。」節子一開始給自己訂下的規矩也變得岌岌可危了。只是如果土屋根本就沒有什麼非分之想的話，節子的這條規矩也就站不住腳了。

和那些夫人所描述的色狼般的男人比起來，土屋簡直是另一種人。即便喝醉了，或是跳舞時在節子耳邊，也從沒有提過一次放肆的要求。但把他看成有禮貌、有教養的人，土屋平時的話題又顯得有些放肆。也許他只把節子當成精神上的朋友吧。不過節子並非沒有一點非分之想，這是一種痛苦的幻想。

為了能讓自己表示出「不答應」，節子首先必須誘導土屋提出非分的要求，然後藉此表示出拒絕，同時也算給土屋一個下馬威，誰教他遲遲不提出這種要求呢。

但節子實在不會賣弄風騷。即使賣弄，到什麼程度見好就收，她沒有一點把握。她故意擺弄身姿，想引出土屋的要求，不過她又怕傷害自己的自尊心。這種想法讓節子陷入進退維谷的境地。

男女交往常常會因為尋求某種歸宿而感到焦灼不安。在土屋身上卻絲毫看不出那種焦灼。節子討厭土屋那種悠然自得的神情。他讓人感到，他吸著只屬於他的別種空氣。節子吸的空氣裡已經是大量缺氧。

一見到土屋，節子就感到有某些原因令她的心忽然狂跳起來。她不禁看了一旁的土屋。

看了他那張平靜的臉，節子明白了，這種內心的騷動與這裡的空氣毫無關係，是自己體內的一種病態而已。

「最近和你見面，真讓我覺得很累。」節子說，口氣像個病人。

「一定是春天的關係吧。」土屋回答。

這是個不協調的春天，今年到三月才下起雪來。在這之前甚至有春分般溫暖的日子。連著幾天暖和，忽然又颳起強勁的北風，一下子又變得寒冷。下雪之後，春寒之日與夏暖天氣，不規則地交替出現。

隨著不正常的天氣，節子的身體也變得反常。到底是怎麼回事，連她自己也不知道。一直晚到的月經，到二月沒來，過了三月中旬尚遲遲沒有音信。節子漸漸不安起來。節子的妊娠反應一向不輕。一天早上，像是那種噁心突然襲來。她趕忙去醫生那裡，確診是懷了孩子。

回家的路上，節子頭昏眼花。難道說和土屋接吻什麼的，就會懷孕嗎？

那天晚上，第一次接吻，餘溫還留在唇上，節子懷著說不清的寂寞和丈夫同床了。明知是危險期，還是那麼做了。

丈夫照例喝得醉醺醺的，但他還是答應了節子難得的挑逗。折騰了一番，一完事他又呼呼睡去。

這時，節子夢見了土屋那張抒情的嘴唇。儘管丈夫回家之前，節子還怪罪土屋不懂體貼。她知道這樣的不滿有時意味著什麼。她差一點叫出土屋的名字，她害怕熟睡之後會不知不覺地叫出聲，於是，整夜她都沒敢闔眼。漫漫冬夜如此之長，她竟等到了窗外發白。

魚肚白的天空觸動了她的心，她害怕自己在貞節的幌子下，做出這等欺瞞之事。尤其在睡熟丈夫的面前，她感到了恐懼。冬日黎明的魚肚白，令她想起不會生孩子的石女，她相信那褻瀆道德的一夜是不會結出什麼果實的。

……從產科醫院回到家，節子才覺得良心不安。她拚命想：我抱著多麼荒唐的幻想呀，那都是把這孩子當土屋孩子的緣故呀。不、不，她絕不讓這荒唐的幻想來打擾自己。

她從這件事裡汲取了某種暗示，或某種懲罰的意思。不能認為意想不到的受孕就是無意義的東西。她將這件事當成某種神祕力量在懲罰她。

節子想著：這個啟示究竟在向她暗示什麼？可以有好幾種解釋。最先想到的解釋是這樣的：受孕意味著她必須終止與土屋的約會，意味著這毫無進展活像受拷問般的戀愛應該終止了。也許這正是上帝的旨意。為了防止已經能預測到的節子的不幸，某種神祕力量來催促她改變主意吧。她的肚子一點點大起來，再去約會肯定會讓人感到滑稽，於是天長日久，慢慢疏遠，戀愛宣告結束，生下丈夫的孩子，名正言順的丈夫的孩子……

想到這裡，節子明白了：如果委身於自己認定是命運的東西，而且順從命運，那將會產生怎樣的結果呢？斷送了戀愛，以後看到生下來的孩子就會喚起那晚上與土屋接吻的回憶。儘管這孩子不是土屋的，但他是自己戀愛的象徵，伴著這孩子，節子這一生都會想土屋的。與其如此，倒不如這孩子真是土屋的骨血，也許還會萌生出些別樣的愛情。明明是丈夫的孩子，生下來後卻硬讓帶著與土屋戀愛的印跡，沒有比這個更大的背叛了。簡直是最大的不貞……

必須要說的是，節子的思考實在認真極了。她從沒有如此認真地在內心深處放下這樣的鉛墜呢。但總讓人覺得這種真摯、這般誠實，彷彿包含些許遊戲的成分。她的心已經厭煩了膚淺的遊戲，開始想體會更深層遊戲的樂趣。尤其是當節子想到生下孩子就是對丈夫的背叛時，她的心情便豁然開朗：原來自己在為丈夫考慮啊。這種被美化了的情緒，讓節子露出為自己辯護成功的愉快表情。

於是，節子十分認真決定了一件事。那就是：「永遠不對土屋、也永遠不對丈夫提起這件事。」

更奇怪的是：節子把受孕看作是為土屋默默付出的巨大犧牲。一開始她就覺得：罪惡感裡包含著為了土屋而忍耐的快樂。

節子害怕背叛丈夫，一想到要背著丈夫去拿掉孩子時，她又覺得：這回的決定何嘗不能看作是為丈夫付出的犧牲呢？但節子偏偏袒護丈夫，她更加喜歡把這個決定想成是為土屋付出的犧牲。

在如此思考的同時，忍受犧牲的快樂漸漸變淡，日漸成了她心裡的負擔。那雙眼睛已經只能看到悲哀、苦惱的一面了。以前只嗅到香水氣味的女人，這回可變成悲慘的苦惱的俘虜。

過去，節子曾墮過一次胎。那陣子她常生病，身體虛弱，是丈夫勸她去做的手術。那時，她還掉過幾滴眼淚呢，但悲哀中混雜著幾分甜蜜。

這回可不同。這回得樣樣自己盤算，自己決定。深夜，將要被拋在無盡黑暗裡的孩子大概害怕了吧，節子夢見胎中傳出了哭聲，她驚醒了。那哭聲還留在耳邊。她覺得肚子周圍那嘶啞的哭聲還清晰可聞。節子的背直冒冷汗。她豎起耳朵仔細聽。在房間角落的菊夫正熟睡。

……遠遠聽到貨物列車的汽笛。是汽笛聲入夢裡變成啼哭呢，還是那夢裡的哭聲飄到靜夜的遠方，讓人隱約聽成汽笛聲呢？睡在一旁的丈夫安穩地打呼，一副即使大地震也不會被吵醒的模樣。

節子忽然覺得肚子很餓，下床去廚房。

再一次與土屋約會時，孩子還沒有打掉。她不想手術後拖著蹣跚的身子去見土屋，於是，她算計好了，在約會的第二天就去醫院。

可是，應該誰都不知道就完事的默劇，在節子心裡產生了一種空虛感，她隱約覺得自己該得到某種回報。這種情緒日漸強烈：自己已經受了這些苦，該有享受歡樂的資格。其實節子不明白自己盼望著什麼。不過，付出如此犧牲的節子，渴望得到什麼也算不上什麼罪過。

節子打電話給土屋，想跟他說今天想見面，但他老是不在，看來他說工作很忙不是騙人的。他向來對約會是很守時的人，於是節子想試試，在三天後的約會到來之前，自己的忍耐力有多強。這樣一來，她的期待與盼望也日漸強烈。

節子的心，節子的生活，已明顯地以土屋為中心轉動起來。

這樣焦灼地等待約會，也許在節子之前的人生中，從沒有過吧。

但一想到先看到的，還是土屋那張與往常一樣的臉，那張一成不變的臉，她就不寒而慄。節子開始注意到，自己已經落到靠別人施捨的感情來生活的地步了。

那是四月上旬的大晴天。溫度驟然升高，天氣變得像五月般溫暖，已經有人脫了外套上街了。節子穿長袖的合身洋裝也覺得熱。她怕出汗，把香水直抹到耳邊。

在約碰面的店裡，客人不多，音樂聲很吵。節子掃視一下四周，土屋還沒到。忽然節子發現了土屋。他在三人桌那邊像是和熟人滔滔不絕地說著什麼。和土屋說話的女人，好像在什麼地方見過似的。啊，就是以前夫人們提起過的那位女演員。

土屋也看到了節子。他趕快站起來迎接節子。

「我也才來。」說著，他們來到離女演員座位較遠的空包廂坐下，節子簡直要癱了。

總算，茶端來了，土屋問：「妳怎麼了？」

他是敏感的。節子趕忙說，沒什麼，沒什麼。

「我呢……」節子說了一句。話這麼開頭時，常常是有什麼鄭重其事的宣告。土屋覺察到了，做出洗耳恭聽的樣子。節子早已想好了，隨時都能衝口即出。只是這話若說了一遍沒聽清，她可無法再說第二遍。她擔心那過分嘈雜的音樂聲會淹沒了她的話，再被那傢伙追問一遍該如何是好。她本不該那麼積極主動，只是要是再等下去，那句話說不定就說不出口了。

於是，她清楚、一字一字地說：

「我們一起去旅行吧。」

土屋的回答簡直刻不容緩。

「一起去吧。」

他臉上浮起溫柔的微笑，惹得節子也微笑了。從那天起，節子沒提起過那女演員的事，兩人只聊著旅行的事。

第六章

節子從幻想、罪惡感中解放。由女方提出旅行的要求，直到現在她都不曾後悔。考慮到土屋的工作，兩人說好五月出發。節子也得做些準備，必須想出藉口，也得花時間埋些伏線。

別提土屋有多體貼了。這讓節子一直陶醉到第二天。她就這麼陶醉著一大早去了醫院，就這麼陶醉著接受了手術。醫生也許知道她連麻醉都可以不要了吧。

節子體內一個真正的節子誕生了、甦醒了。她發現了自己所愛的男人。奇怪的是，自從他們倆約好去旅行那天起，土屋開始顯露出戀人的神情。以那天為界，他終於注意到自己所扮演的角色了。

他的手、他的語言，似乎都與似曾有過的愛撫相連著。節子稍微有些累，稍微露出些不快的神色，土屋都會立刻察覺。節子怎麼也想不通，以前這青年是如何藏起這種善於察言觀色的本領呢？

只要兩人眼睛交會一下，就立刻心領神會，節子第一次覺得：今年四月夜晚的街燈是如此地官能。

那天晚上，兩人約好去看電影。九點前看完了電影，走出電影院時，正巧遇上少有的大停電。街上所有的燈都滅了。幾秒鐘後又亮了，霓虹燈忽閃忽閃地亮起來。報社的窗戶也一齊亮了。正以為「電來了」，誰知燈又一起熄滅了，只剩下幾家有自備發電機的樓房裡還亮著燈。

以前一直明亮的街道，忽然沉入黑暗，一片淒涼感。十字路口的紅綠燈也熄滅了，交通警察提著燈籠在指揮交通。大馬路上，只有汽車的前燈放出的光閃耀著，閃著不祥的光劃破黑暗，急馳而去。

這紛亂的場面與兩人的心境十分吻合。街道竟變得如此符合他們倆的心境，讓人感到無心插柳柳成蔭的幸運。節子一直希望能發生點什麼事、碰到什麼外來的破壞。小巷子裡，大伙兒跑出店外喧鬧著。這一夜比往常要早一個月變暖了，更讓人們憑添一種不安的感覺。

兩人經過一個報社配送部門口，配送部內部昏暗，像個洞窟般，停著幾輛車。黑暗中隱約有許多人跑來跑去。其中一個人大叫道：

「豬苗代發電廠被炸彈炸了。爆炸了，發電廠爆炸了！」

這時，忽地射來一道刺眼的強光，運送早報第一版的卡車，點著明亮的前燈發車了。走過報社，節子和土屋兩人停下來互看彼此。剛才黑暗裡那傢伙說的是真的嗎？真的發生革命或類似的暴動了嗎？

「趁黑來喝口燒酒吧。」

配送部的黑暗中傳來如此一聲，爽朗的大笑聲隨之而起。

節子的情緒動搖了，一種不尋常的不安，立刻與最原始的肉慾聯繫了起來。在這黑暗的街道上已經沒有必要避人耳目了，別種不安已經代替了原來的不安，節子的情緒反而開朗起來，與土屋約會已不只一次兩次了，她覺得從沒有像現在這樣暢快地在街上散步。

節子的手臂傳來了土屋手臂的溫暖，他們緊緊挽著。這時，她忽然清楚地意識到：以前老在記憶裡時斷時續出現的男人手臂，其實就是眼前的這個手臂。節子第一次要土屋在馬路當中吻她。土屋把她拉到路邊招牌的陰暗處，站住，接吻。

此刻，評論節子的階級偏見，免不了會招來不謹慎的指責。可是這時節子的舉動與一種控制她的情緒，一種催促她的慾念，都息息相關。在大街上停電的喧鬧中，她做著革命、暴動的夢，但她那明顯落後於時代的偏見，又清楚地將她自己想像成被害者。這種幻夢對喚醒節子那無所依靠的官能是很重要的。

「眼前的青年、自己的情人，究竟是怎樣的人呢？」她的夢想繼續開展。他絕對不是敵人，也絕不是能依靠的守護神。這青年符合節子的喜好，和她一樣受過良好的教育……也就是說，他也是個和她一樣的受害者。

「啊，這個人也是啊……」節子心情激動地想著。於是她蒐羅著符合她故事趣味的條件。

……土屋這青年心裡難道沒有什麼主意嗎？這回的主意又是節子先起的。她想去看看自家附近那座大公園，在這停電之夜是什麼模樣。

兩人叫了計程車，沒走多遠，就在那公園的門口停下了，他們進了公園。從沒有一個夜晚，能看到今晚這樣黑壓壓的森林。天空上有大片的雲朵，沒有月亮也沒有星星。

他們在喜馬拉雅杉樹下的草地上散步。汽車的前燈不間斷地照出不安的影子，把樹的影子朝各處撥弄著。兩百公尺外開過來的車，亮著前燈，正覺得它會耀眼地射過來，誰知，車轉了彎，那光一下子減弱，朝遠處移去。

汽車喇叭聲連綴起森林各處的縫隙，突然他們聽到從附近傳來清晰的木屐和鞋子聲，兩人慌忙站起來分開，但仔細一聽實在還遠得很。兩人在草地上緊緊擁抱，第一次用手指觸摸對方的肉體。節子愉快地感到土屋身體發出的熱。節子的心極溫柔，對眼前這不作聲的男人那無言而幽暗的熱情標誌，給予簡直可以稱得上是憐憫的愛的撫摸。她一直都忘了：原來這個男人也有衝動。

公園裡寥寥無幾的路燈忽然全亮了。兩人因此慌忙站了起來，很長一段時間彼此沉默地走著。忽然，節子心血來潮想看看土屋的脖頸。她停下腳步，讓土屋走在前頭。土屋朝前走了兩、三步，回過頭來問：「怎麼啦？」節子笑著回答說：「沒什麼？」

真的發生了革命嗎？並非如此。第二天早上，和丈夫一起用早餐時，節子讀到報上關於昨晚停電的報導，說是豬苗代發電廠的電線遭到雷擊。

「昨晚打雷了嗎？」節子問。

「沒有吧，沒響過吧。」丈夫回答。

第七章

節子為了五月的旅行想出來的計畫是這樣的。

以前醫生曾建議過她去休養，一個人去個兩、三天的旅行。丈夫工作很忙，如果妻子去的地方又不遠，晚上他會隨性地跑去，第二天一早又搭火車趕回東京。這次安排的旅行非得遠一點才行，而且還不能是遵醫囑而去的。因此非得找出些讓人不起疑的理由。

女人不可能沒有朋友的。女人常常會像戀愛般喜歡掩飾自己的友情。結果，女人間的友情中必暗藏著什麼共犯關係。節子也有這樣一個貼心朋友，名叫與志子。與志子也是人妻，比節子先交上一個執拗的情人。

與志子是個獨立不羈的人。她看不起節子老去參加的那個聚會，也從不和慈善團體的義賣等沾上邊。她老是不打招呼就來節子家，有時會待到很晚，節子丈夫回家後她還不走。節子丈夫稱與志子是個快活的女人。

與志子坦率地將自己的私生活講給節子聽。與志子志不在戀愛，不過是為了打破生活的單調才接受了那個執拗的情人。這回，那種執拗又搞得她心煩意亂。

與志子毫無隱瞞地說了自己的事之後，節子才把土屋的事、約好去旅行的事告訴了與志子。誰知與志子立刻說要看照片。她盯著那照片看了好一會兒後問：「這個人的聲音如何？」

——節子和與志子的談話很快有了進展。今年夏天，與志子全家要去避暑地借一處別墅，事先得去看看房子。與志子的丈夫實在太忙，就把這差事交給了妻子，說她決定就好。於是，「讓節子陪著一塊兒去」的藉口就此順理成章地編造出來。

為了讓丈夫接受這個計畫，四月底的某個晚上，節子故意留住了與志子，讓她等到丈夫回家。丈夫回來後，兩人先若無其事地閒聊，然後與志子小心翼翼地說出：「為了去找別墅，一個人的旅行太寂寞了。」

「什麼時候要去看？」節子按預先設計好的台詞問。

「五月。五月一定得去一次。」

「如果可以的話，我倒想陪妳去呢。」

這番對話很自然地說出節子僅是陪伴而已。不用說，丈夫同意了，還勸節子別拿不定主意。

到了最後，丈夫說：「妳們倆簡直像同性戀。」

「真還像那麼回事兒呢。」

節子還特地在丈夫面前，將深夜那張滿是白粉、疲憊不堪的臉頰在與志子的臉上蹭了一下。

那一晚，節子興奮得睡不著覺。她覺得一切進行得如此巧妙，輕而易舉地弄妥了。要不是丈夫貪睡，他肯定會懷疑妻子為什麼會那麼興奮。渾身發熱的節子，望著丈夫夢中那翻過來倒過去的睡態，她忽然忘記一時的不安，感到自己的狂喜該不會進入丈夫的夢裡去吧。

……欣喜總是去得快，第二天一到，節子又變得不幸了。

就如同前面說過的，節子期望的是幻想的戀愛，也就是節子所謂道德的戀愛。在她那不太會深入分析的思考中，她以前那麼崇尚的婦德，如今給下了個相當曖昧的定義。幻想尚屬於美德的範疇，而實際去做則屬於悖德。於是，節子對外部表現出來的行為是相當嚴格的，而對幻想卻抱著寬宏大量的態度。

節子心想，只要邪惡之心未占據整個心靈，那它仍屬於美德的範圍。而現實的行為就不一樣了，無論多麼溫柔，多麼令人傾倒，以何種天真無邪的形式，都屬於悖德的。自己撫摸土屋的肉體時那種溫柔、那種自然、那份純真，足以使節子顫慄，在她心裡掀起了感情價值的混亂。雖然沒有什麼邪惡的幻想來腐蝕她的心，但如果讓人長久回味的溫柔、天真會刺傷良心，那麼，將比這更冷酷的打算、過於隨便的計畫當作美德，必須把溫柔、自然、天真等明朗的情感都看成邪惡的道德才行。

對道德抱著認真態度的節子，把這種矛盾痛苦都看作是「良心的苛責」。她一想起昨晚和與志子輕易地騙過丈夫，甚至怨恨起與志子。在這嚴厲反省的幾小時裡，她只有惋惜，惋惜失去了那無害的幻想的樂趣，惋惜失去了那期盼美德的快樂。

現在，節子甚至憎惡起自己那種意料不到的溫柔、自然的情愛、純真的愛撫。為了丈夫，她使勁想把自己硬拉往相反的方向，也就是往感情沙漠的方向和幻想戀愛的方向拉回去，往下午那漫長無底、無所事事的時間拉回去……她努力想成為丈夫需要的人，但她沒有思考丈夫是否有這種期待。即使丈夫並不期待，她自己應該保持貞節與美德的本分呀。這些想法，與其說是為了丈夫考慮，還不如說是為節子自身考慮的。因為她丈夫什麼企盼也沒有，總是在呼呼大睡。

節子的想法是從過去穩重教養的想法出發的，但她忽略了一個事實，她自身已經沾染了社會上危險有毒的想法。也許那只是一種恐懼。她只顧追求屬於過去幻想的甜美，而害怕屬於未來的天真與溫柔。不僅如此，節子連對土屋的愛也感到不安。

「答應他之後會被他甩掉吧，他該不會只打算給我一時的安慰吧。」

忽然節子產生了向丈夫坦白一切的衝動。不管怎麼說這衝動顯得有些刻意，已經太晚了。一般來說，為人之妻的人，在事情一開始都會有這樣的打算，向男人坦白一切，但節子到現在才想起。以前，她絲毫沒想過自己做的是不道德的事。

「已經到這種時候了，就是坦白也說不清了，難道要把肯定會刺傷丈夫的事情告訴他嗎？」

……她想了一會兒，老是在「不可能」裡打轉。她不願再想下去了。其實，節子忘了一個最簡單的方法：她只要不去旅行，那麼，一切就可以不了了之。

即便對小鳥、花、孩子（不一定是自己的孩子）這些東西傾注女人特有的溫柔、純真的愛情，如今也令節子嗅到了因單純而引起的罪惡氣息。她覺得無法再愛這些可愛的事物了，只會讓人感到窒息般的難受，特別是當節子把土屋那汗毛濃密的手臂也完完全全地放進花、小鳥等可愛東西之列時……

第八章

不管是什麼驚天動地的計畫，一旦下定決心，準備妥當後，總會湧起一種休息似的感覺。離旅行還有兩、三天，節子反而沒什麼不安了。

兩人連旅館都訂好了，也決定了碰面的時間。還定了萬一發生了什麼事，如何互相通知的辦法。連出門帶什麼東西，節子也跟土屋商量好了。

這一年的五月很美。上旬有幾天相當熱，可是離人們去高原的季節還早得很。

節子看著菊夫好一會兒，彷彿自己的決心與這孩子有關似的（不知不覺中她學會了思考）：「能說這孩子生下來就具有批評我的資格嗎？這孩子的世界和我居住的世界有什麼關聯嗎？孩子面對孩子的世界，而母親只能回到女人的世界。」

節子第一次看著菊夫像孤兒似的，她發現她只把他當作純粹的孩子來看。這是個頑固而不可侵犯的存在；即使他腦裡滿是玩具和鬼故事，即使他挑食，即使他為找不到院裡樹下隱藏的寶物擔心……儘管無聊的東西充塞其間，他還是不容質疑的、像胡桃殼般堅硬的存在。

這邊站著的不是母親，只是個女人。面對菊夫，節子感到赤裸裸的羞恥。菊夫被母親看了一會兒，似乎有些不高興，他眨眨眼，噘著嘴笑似的，跑開了。

「也許他沒把這一刻當回事，等他長大了，會常常想起來的。」節子戰戰兢兢地想道：「媽媽那時為什麼突然要出門，那臨走前的這一刻。」

與此相比，啟程的那天早上，在玄關送要去上班的丈夫則簡單得多了。

「那麼，我後天晚上回來。菊夫就交給你了。」

「沒問題。」丈夫邊穿鞋，邊隨口答應。那後脖頸的皺紋，會讓人把絕不會發火的人誤認為脾氣很差。

在持續至今的婚姻中，節子學會的作為妻子的禮儀，就是不對丈夫品頭論足。她從不想：此時的他，會不會因只有他自己才抓得住的直覺而正不高興呢？

結果倉越一郎回過頭，對著只在今天早上送他到大門口的妻子笑了，那笑容像是五月這天早晨所獨有的，又像是棒球手贏了比賽那一刻的異常開朗的笑臉。說不準這笑臉是表示對妻子去旅行的鼓勵，還是表示任何事情都不會給這個男人帶來不幸或絕望的意思呢。

距離碰面時間還早，但必須趁菊夫從幼兒園回家之前出門。為了打發時間，節子提起行李箱，一個人去喝了杯茶，又順道去了趟服飾店。和土屋約定一起吃過午餐後，再去車站。

行李箱一點都不重，但路人看她的眼光令節子心寂寥。一個女人拿著行李箱，獨自一人喝著茶，她第一次了解到構成這般淒慘畫面的因素：一個有夫之婦要和情人出門，那是令她苦惱而又難以排遣的孤獨，她感到訝異不已。她站在街角上看了看表，被人撞了一下。

兩人約在常去的一家餐廳裡碰面。休息廳裡有長椅子，裡頭還放了些報紙和刊登許多照片的雜誌。想到這裡，節子匆匆起程趕去，比約定時間提早了二十分鐘。

她把行李箱放到了寄存處，蹺腿坐在椅子上，將一本大開面的雜誌攤在膝蓋上，她茫然地翻著，其實一頁也沒有看進去。她只是覺得老盯著一頁看，讓人心煩……

離約定時間還差幾分鐘，忽地，門開了。土屋出現了。節子不由自主地站起身。這一瞬間，她已經把自己完全交給了土屋。

第九章

坐了四小時的火車，他們到了一間非旅遊旺季的冷清旅館，在那裡過了第一夜。土屋的初次表現，實在不怎麼出色，然而節子不介意。這一夜，她甚至不想要那種行為。

這一晚，節子像火一樣純淨，幾乎沒有散發出一點肉慾的印象。以前斷斷續續從土屋那裡得到的官能片斷：頭髮的味道、唇、肌膚……這些熟悉的東西節子都不需要。她只以自己的精神狀態感到滿足：已經委身於這個青年了。如果要形容此時的節子像什麼，就像個聖潔無比的聖女。

除了修長、漂亮的大腿、潔白無瑕的皮膚以外，節子對自己的肉體的魅力不抱多大的自信，因此也就不抱什麼希望。結果她盼望已久與情人的初夜，情人表現不出色，她沒有懲罰對方的心思，反而用憐惜去寬恕他。

而且對節子而言，這位青年乍看以為是情場老手，卻是這個意外的結果，她反而覺得開心。她心想：

「肯定是這個緣故。他的肉體的遲疑與之前給我帶來苦惱的東西是一樣的，也就是道德上的潔癖，而男人試圖以奇怪的羞恥心掩蓋它，真讓人心疼！」

——他們的軀體在清晨又不太契合地結合了。明明在這個沒什麼人的旅館房間裡，卻像在擁擠的電車裡身體互相碰撞。

土屋變成頑皮的孩子般，對著炫目的朝陽，拿出火爐上的撥火棍，一邊大聲叫道「我打獵啦」，一邊追著節子。節子用毯子裹著身子，像看一個比自己小得多的男人，盯著繞床跑著的土屋那扭動的腰肢。節子尋思如果我也變成孩子就好了，她想著：「那就不用在乎什麼道德的恐怖了。」

土屋總算安靜了點。他提出以前說過的，全裸吃早餐的建議。說是節子只要躲在床上就可以了。由土屋打電話給櫃台訂好早餐，然後讓人把早餐送到灑滿陽光的窗邊，穿著睡袍的土屋去應門，在帳單上簽個字就行了。

——早晨的太陽已照到床邊上。窗邊鋪著白布的桌上，放著準備就緒的早餐。銀色的咖啡壺泛著光，餐巾包裹著的土司散發出陣陣香味。

服務生退出去後，節子問：「鎖了嗎？」當然門已經上鎖了。

「來，我來為妳服務。」站在窗邊的土屋立刻脫下睡袍。他身體上那濃密的汗毛，在早晨的陽光裡，閃著絲絲金光。節子用被單裹著身子，土屋說：「妳像土司一樣。」然後把她的被單拉掉。節子沒有抗拒，她身上的汗毛也在床邊的陽光下發出金光。

兩人毫無顧忌地讓麵包屑掉在自己身上。他們邊忙著讓咖啡壺的熱氣靠近自己的腹部，邊吃早餐。這絕不是節子先前幻想的那種讓人羞恥的淫蕩早餐，而是孩子般天真無邪的早餐。

「我連身體都可以不要啦。」節子用笨拙的語言說出真情。土屋將其當作玩笑，四兩撥千金地說：

「沒了身體，就坐不了火車來這裡了。」

節子為自己昨晚如此開放而感到驚奇，她用教訓的口吻說出了各種理由，想試著減輕也許在土屋心裡已經存在的輕蔑感。

「我是真喜歡你呀。」節子說，接著，他讓土屋發誓今後不准再說「玩玩」之類的話。

——吃過早飯，兩人出去散步。才五月高原的紫外線就這麼厲害了，節子叨絮著。其實她是不願露臉，想買副太陽眼鏡。他們順便進了一家鐘表店。店主拿出去年賣剩下的太陽眼鏡，找出塊髒布擦去灰塵，他們無可奈何地買下了。

除了偶爾看到散步的外國人以外，日本人大多是本地人。戴太陽眼鏡究竟能有什麼用呢……節子邊走邊想，也許是她曾有個夢想：在夏天，戴著太陽眼鏡自然地遮住半個臉，與土屋一起漫步高原。她覺得，遮住臉散步是這次旅行中不可缺少的。

午後下起雨，還打雷。兩人回到飯店，待在大廳的火爐前。除了他們倆，還有個百無聊賴、上了年紀的外國人。節子去了洗手間，回來時，看到一群紳士正下車走進飯店大廳裡。突然她看到了伯父的側臉。她慌忙跑進閱覽室，在最裡頭的幽暗的桌前坐下。土屋被她驚慌失措的樣子嚇到了，跟著追進閱覽室。節子趴在桌上，渾身發抖。

閱覽室裡沒生火，很寒冷的。外頭下著雨，雖然是白天卻很昏暗。書桌上玻璃墨水瓶透出陰冷的墨水顏色。

節子拉過土屋的手，放在自己的胸口上，讓他感受自己劇烈的心跳。然後她終於說出讓她驚愕的理由。土屋也看見了那群紳士，他們是一大早搭汽車從東京來打高爾夫球的。遇到大雨，才來飯店的。土屋說，問一下櫃台就知道他們今晚是住這裡還是馬上回東京。節子說：「那你去打聽一下吧。」

不久，土屋回來了。說那群人現在去餐廳吃午餐了。「他們吃完飯就要走，別擔心，還是回房去好了。」

節子讓土屋攙扶著站起身，那雙美麗的腿還在發抖。節子相信伯父沒有看見她。兩人匆匆回到房裡，背後的門還未關上，節子就對土屋說：「抱緊我。」土屋剃得發青的下巴觸到節子的嘴唇，針刺般的感覺終於讓節子安心了。

兩人不斷給飯店事務室打電話，明說有個不願碰到的人在那群紳士裡，那群人走了嗎？但對方老回答那群人還在大廳裡慢慢休息。土屋請求事務室的人，等他們一走趕快來電話通知。誰知左等右等電話就是不來，又打電話去問，說他們還在大廳裡歇著……房間變成囚禁兩人的牢房。

遠處雷聲陣陣，雨還沒停。室內很暗，從窗戶又看不到大門口，無法知道車子開走了沒。節子不讓他開燈，兩人坐立不安，焦急地等著電話回音。

就在這時，剎那間節子從互相對視的眼睛深處，看到閃現出無法抵禦的微光。他們略帶不安地接起吻，土屋慌慌張張地脫掉長褲，節子也脫去了外套。兩人脫衣服的動作異常之快，且十分平靜，彷彿每一瞬間的動作都和著節拍。他們甚至懶得掀開床上的床罩。

不久，兩人的身體在床上飄浮的白晝幽暗中，深深的喘息，第一次毫不曖昧地結合。節子聽著男人肌肉「嘎嘎」作響，她被深深打動了。土屋再生了，這個青年成了出色的情人、有自信的情人了。

他們將內衣捲到頭頸，懶得脫去。節子吮吸著土屋胸毛上閃著光的汗珠。這甜美的肉體氣息，彷彿第一次成為意味深長的東西。

……「那群人已經走了。」電話是隨後打來的，他們在等雨停。窗戶上映照出雨後亂雲飛渡的暗淡日光。

節子站起身，覺得身體充滿活力，每根指尖都帶有薄鋼片似的，頗富彈性。「什麼病都給治好了。」節子想。

第二天傍晚，兩人回到了東京。一起吃了晚餐，又去看了場描寫人妻之戀的賣座電影。節子從沒有看過與自己故事如此相似的電影。她注意到旁邊座位上的少女，她為自己富有經驗而感到自豪。她感到只有自己及少數人看了那電影才會覺得愉快……節子終於體會到了專家的樂趣，好比化學家看了講述化學家故事的電影，心領神會地笑了起來。

晚上九點，土屋把節子送回家。節子大膽地讓土屋送她到離家門口還有四、五間距離的地方（註：間為長度單位，一間約一點八公尺）。

第十章

幸福讓節子變得溫柔。和以往一樣，這份溫柔無法給經常外出的丈夫，她只能將溢出的愛都給了菊夫。

菊夫享受著愛。他那微笑裡，不時浮現出令人捉摸不透的神色，似乎他已經知道了享受到這份愛的祕密來歷。其實這些不過是節子的多心而已，但這種多心的背後，節子竟夢見菊夫與自己有同感，甚至是自己的同謀。

在各方面，節子都未感到自己的解脫，只是感到甦醒過來的秩序。她覺得，土屋的存在已成為既定的事實，即使不去多想他，也照樣能巧妙地維持下去。雖說沒什麼可多想了。

但她有時還是會清晰地想起土屋繫褲帶時，那精緻的鱷魚皮帶發出磨擦聲的情景。

這種回憶已不會再給她帶來不快了，相反的，節子直想笑嘻嘻、寬宏大量地將這份喜悅分給每一個碰到的人。她依然去參加那個聚會。她爽朗直率地說著話，臉頰泛紅暈，聲音誇張而帶著媚氣。當大家在談論哪裡買得到低噪音吸塵器時，是否有人注意到她在說自己的戀愛呢？

不用說，旅行回來的當晚，節子把旅行的事講給丈夫聽。生怕丈夫以後問與志子會露餡，節子早就和與志子統一好口徑了——誰知丈夫沒有問節子的事，卻饒有興趣地打聽與志子的動靜。於是，節子又陷入更小說化的想像中：說不定與志子和丈夫有染，趁節子不在家，背地裡譏笑一無所知的節子吧。兩人該沒有過夜吧，丈夫該沒有問什麼讓人聽了噁心的問題吧。

當然，節子沒有感到一點嫉妒，但第二天還是忍不住問了女傭：自己不在家時，丈夫都幾點回家的？得到的回答是：丈夫每天回家，連續兩個晚上，回來得很遲。「也許他在外面和與志子碰頭吧。」節子想。

讓個性穩重的節子產生這種小說般的想像，只能說是受一連串謊言薰陶的結果。以前，節子的戀愛想像的確很單純，但一旦想像變成了現實，她的世界觀也就隨之改變了。如果與志子真的和丈夫有情愛關係，說不定節子會讓與志子感受到比以前更深的友情。美德真的讓人孤獨，但不道德卻讓人成為同胞和睦相處。

旅行回來後的幾天，月經來了。節子幸福至極。這才是原諒一切，欣然接受一切的信號。與之俱來的悲哀沒有出現，輕而易舉地取得了心理平衡。連「不愉快的記憶」也沒有來打擾這份平靜。不愉快的記憶……是指節子老想著墮胎的事。於是，節子終於明白了：和土屋在旅館裡等電話那時候，突然感到什麼都治好了，其實就是將這「不愉快的記憶」治好了。

——節子每次覺得精神疲勞時，總要叫按摩師來。這回是對自己太過健康、幸福有些擔心，就把按摩師叫來了。按摩師是戴著一副這類職業的人千篇一律的黑眼鏡、面無表情、骨瘦如柴的男人。

他邊用指尖按壓節子的身體，仍面無表情地邊用恭敬的話語，問些失禮的問題。節子認為這是那傢伙的怪癖，也不會生氣。

「冒昧問一句，那玩意兒正光臨貴體吧，每月都來的，是嗎？」

「是啊，你知道得真清楚。」

「這是我生意上的需要……啊，實在對不起，問了些不該問的。實在對不起，請多包涵。」

這男人的手指像木頭般堅硬，嵌入節子的細皮嫩肉時的疼痛，有時會讓節子眼前突然一亮，得到一種強烈的快感。節子幻想那手指裡會放出旭日之光。

因工作關係，丈夫在一家飯店宴請一對外國夫婦，節子和丈夫一起出席。這對外國夫婦都是一頭美麗的白髮。

節子的社交能力是沒話說的。儘管語言不通，但她那事事關心周到的神情、那微笑、有分寸的態度，一切都令客人心情舒暢。宴會結束，在回家的車裡，丈夫說今天多虧妳了，想送一份禮物。他舉出許多物品讓節子挑，節子笑著一一拒絕了，說什麼也不需要。

碰了這個軟釘子，丈夫像是誤解了什麼似的，一瞬間，他露出良心過不去的臉色。這天夜裡，丈夫要求同床，這是很久沒有的事了。

過去從沒有拒絕過丈夫的節子，今晚卻從容不迫，找到了堂堂正正回絕丈夫的理由：

「作為謝禮，我可不要。」節子說，「今晚宴會上我只做了該做的事。」

丈夫並不甘心，執拗地要求著，連平時的貪睡都忘了。他也許以為妻子不過是故作姿態吧。

儘管是第一次拒絕，節子還是做得很高明。她絕不激動，絕不心軟，帶著微笑，像在水中解開腰帶般輕盈地避開了。

「妳究竟要什麼？真的什麼也不要嗎？」

那回答並非什麼優雅的復仇，是節子想了很久的：

「你這人真怪，我呀，能在你身邊就很幸福了。」

旅行回來後第一次與土屋約會很愉快。僅僅是四目相接，旅行時的回憶全湧上心頭。土屋的淺色外套裡是黑色POLO衫，露出胸口。節子想起自己曾說過不喜歡看人打領帶。土屋那粗壯的脖頸，像挽起袖子的手臂般，從敞開的領子裡伸出來。節子喜歡這脖子。最近節子變得快嘴快舌，她立刻稱讚了他的脖子，並愉快地看著青年微微泛起紅暈的臉。然後土屋也立刻說自己喜歡節子的腿。節子被毫無做作、有禮貌的恭維陶醉了。

以前不怎麼表露自己喜好的土屋，今天第一次表白，讓節子格外高興。他說，他討厭目前時興的那種不帶嵌線的長統襪。說長襪後面那條深咖啡色的直線條是何等重要。沒有這根線條襯托，再好的絲襪、再漂亮的腿都得打折扣。節子心裡暗想，回家後趕快把沒有嵌線長統襪全處理掉。幸虧今天她穿的是嵌了線的長統襪。

吃完飯，土屋帶節子來到遠離市中心的一家旅館。進門處，女侍把土屋當成第一次來的客人接待。儘管節子還沒領教過這一套，但她還是從土屋有些僵硬的神態以及女侍缺乏熱情的態度上，看出他們其實彼此相熟。走過迂迴的走廊，他們來到盡頭的一間洋式房間，迎面是個小水塘。

節子聽見了水塘裡鯉魚翻跳的水聲。土屋拉上窗簾。節子坐在沒有靠背的時髦小椅上，年輕人站在她背後，幫她解開後領的鉤子。一個解開了，節子心想，兩個解開了。她感覺他的手輕輕撩起自己披在肩頭的長髮，鉤子全解開了。節子溫柔優雅的肩、背全露出來了。

節子沒有必要在腦中描繪肩上的線條，土屋那嘴唇已忠實地描繪出那美麗的曲線。不一會兒，他那熱辣辣、粗獷的臉頰在節子光滑的背上摩擦起來。

不知何時，他已把自己的身體緊緊貼在節子的背上。於是，土屋彎下身子，將節子的頭從後面緊緊摟住。他呼出的氣息在節子的頭髮裡亂鑽。節子背上的肌膚忽然感到他那愛的標誌……

回家路上，兩人順便去了家最近新開的小夜總會。去那裡的路很暗，還沒有完全鋪好。路邊有個木材堆，模糊的路燈照亮了腳下的路。

節子站住了，扭過身子，看著自己身後的地面，問土屋：「喂，襪子上的線條沒歪吧。」

土屋微笑著，馬上繞到她背後，深深俯下身子：

「嗯，沒歪。」

這對節子來說，真是難以言表的幸福瞬間。

第十一章

土屋從不起誓將來。「這可是有良心的表現呀。」節子心想。而且他還是個很守約會規矩的人，不會急忙地要求碰面，大概因為他工作太忙，而且不規律的關係，所以想在戀愛方面找些規則和規矩吧。旅行之前節子曾有顧慮：生怕一旦委身於他，立刻會被甩掉。現在她已知道這不過是「杞人憂天」罷了。這個有道德的青年是不會做這種事的。

從各種有良心的條件出發，若是需要，節子總能找出什麼嫉妒的理由來吧。可是事態距此還遠著呢。

過了一個關卡，戀情也像要找個歸宿，營造一個感情的棲身之所。不見面時，將互相的動靜安放在一個專為約會準備的屋子，一個透明的、肉眼看不見的屋子裡。儘管節子自己對土屋的事完全不感到嫉妒，然而對土屋一點不嫉妒自己的丈夫卻耿耿於懷。

在這一點上，土屋可以說跟以前一樣（仔細想來，其實什麼也沒變）。他喜歡聽節子說她丈夫的事，喜歡看節子模仿丈夫滑稽的怪癖。他天真地，像中學生那樣沒禮貌地咧開嘴笑。就算把這種笑當成他得意的笑，也很難看出他將節子的丈夫當成情敵。

這青年身上彷彿有什麼能隨時擺脫熱情糾纏的本事。節子不怎麼喜歡看書，但她僅憑讀過的幾本書來判斷，也發現他一點也不像小說裡的情人。誠然，土屋的外表很合節子的味口，只這一點也許還有些像小說中的人物。但他那感情波動、他的舉止，他的熱情……一切都超出小說的範疇。在那從容穩重中，蘊藏著一種不可捉摸。

節子只會用女人的眼光來看情人，結果什麼也沒發現。聰明的女人，也許能從土屋身上那種說不清的感情無力感裡，發現那只是這個時代的人的特徵。

隨著約會次數的增多，節子因土屋頻頻更換旅館，知道了各式各種的小事情，這可算是節子初次接觸到的社會。走廊上，慌慌張張掩面而去的女客人；不知發生了什麼事，飯店突然來了救護車。然後，走廊上傳來爭吵和尖聲抽泣……讓人弄不清這是飯店還是醫院。

房間裡也常常發生一些小插曲。一次，回家之前想整一下妝，不小心將一支唇膏掉進洗臉池的下水管裡去了。那唇膏在日本是很難買到。於是，節子趕忙叫來侍者，一陣忙亂才從下水管彎頭處取出那唇膏……彷彿為了豐富記憶，老是有無法預料的惡作劇發生。

還有一個夜晚，他們在屋子裡要了杜松子酒。女服務生拿著酒來敲門。節子討厭讓女服務生看見自己在床上，不讓女服務生進屋，要土屋去門口接。又生怕女服務生從門縫張望，所以非得把燈全關上才能去開門。

土屋接過放著兩個酒杯的托盤，盡可能不讓走廊裡的燈光漏進來。一接過托盤趕緊關上門，屋子裡一片黑。

「啊，讓我想起停電的那個晚上。」節子躺在床上說。

「欸。」土屋似答非答，騰出一隻手去摸開關，一不小心檯燈被弄翻了，燈泡掉在地下，「啪」地一聲，放出一道紫光，同一插座上的收音機、電風扇也一起停了，杜松子酒、檸檬片灑了一床一地……弄了好久才收拾完這狼狽不堪的局面。

一旦撒謊成了生活上必要，那簡直就像井水般汩汩湧出。節子有時連自己都吃驚：她竟有如此高超的撒謊本領。後來她把它當成自己的一種天賦。曾有過的傷感消失了，她學會了使用能超越任何感情危機的僵硬表情。就是丈夫再敏感些，至多也只會懷疑節子的戀愛幻想，而不會去懷疑其實已經在做的節子。

去旅行之前曾那樣苦惱過節子的道德感，現在覺得也算不了什麼，也許那只是生活秩序被打亂時內心產生的一種不和諧感而已。一旦新的生活秩序建立起來，那麼，道德就無法再來約束她了。這樣下去難道不行嗎？

終於去了一次從未去過的幼兒園，節子是跟著菊夫去的。為了讓別人覺得她是個聖潔的母親，她刻意化了淡妝，香水也只灑了一點，穿了件素淨的和服。

回家路上，拉著她手的菊夫不停地踢著路旁的小石子，噘著小嘴不高興。「你怎麼了？」節子問。「今天媽媽比平時難看。」菊夫回答。

「那你喜歡什麼時候的媽媽呢？」節子追問道。孩子的回答叫她大吃一驚，他喜歡的那套衣服，竟是節子近來與土屋幽會時穿的那一套。

今年是少見的空梅雨氣候，雨水甚少。某天炎熱的傍晚時分，丈夫從公司裡打來電話，說是晚上有聚會，要節子一起去外面吃晚餐，節子沒理由拒絕。

最近，節子一看到丈夫那張樂陶陶的臉，就感到有些晦氣。丈夫老是保持著感情的平衡，從沒讓妻子瞧見過他發愁的樣子，使人覺得像在裝模作樣。節子曾夢見過丈夫什麼都知道了，一臉孤獨、寂寞來接她回去。這樣的想像讓節子感到滿足。

但在飯店裡等著她的丈夫還是那張高興的臉。說是天氣變熱了，今年看來還得帶菊夫去避暑。他們有一棟從父親那兒繼承下來的別墅。

節子這時才想起還有這件事，雖說是小別，但畢竟得與土屋分開兩地生活……海邊別墅、每個週末還得接待來過夜的丈夫……這事作為自己無法推諉的義務，節子不可能強硬地提出異議。她想好了，下次與土屋幽會時一定要把這事小題大作。

夫婦倆在有空調的飯店裡吃飯。這種人工製造的涼爽氣氛與感情的真空狀態很相似。節子忘了自己說的這句話不過是鸚鵡學舌罷了。丈夫真能吃。節子心裡討厭丈夫的食慾，即使發生翻天覆地的事，他照樣食慾旺盛。到底是怎麼回事呢？

吃完飯，兩人一起出去散步了一會兒。不禁被街角貼著的一張廣告吸引住了。那是節子曾去過一次的飯店。

「東京的飯店，對著東京人來說，沒什麼意思。」丈夫用孩子般的口吻提出疑問。

「噯，那是情人旅館吧。」節子說。

「妳可知道得夠清楚的。」

「看了那廣告，誰都會知道的呀。」走了五、六步，節子又說：「我外遇，你無所謂嗎？」

她打算盡可能擺出些輕佻的樣子。

「呀——，我想我不會說三道四的。」

對方的溫和回答讓節子感到心寒。

去避暑前最後一次的約會，對節子來說是一次自編自導的好機會。她竭力想使土屋表現出分離的苦楚，可是土屋卻演得很糟。不僅如此，他還說，妳去十天回東京來一次不就得了。

微妙的自尊心刺痛了節子。今晚她第一次意識到自己感情的真意：原來，她對土屋的癡情遠甚於土屋對她的。過去，節子從不覺得有必要調整，但今晚她因土屋沒能達到她所期望的、應該達到的感情高潮而焦慮不安。今晚，她覺得自己有權期待土屋有某種程度「分別的辛酸」。為了不讓自己自尊心再度受傷害，她誇張地想：「我的這種『分離的辛酸』原來都是在做戲呀。」做戲要比真正自然的感情快活得多，演出「分別的辛酸」是多麼愉快啊。

他們去了一家新的旅館，租了個往下能望到院子裡葡萄架的房間。東京的夜景盡收眼底。節子心想「我將和這些燈火暫別」，然後覺得那些路燈特別美。旅館的自來水管裡發出怪聲，打開窗子還覺得很熱。上床前，節子老喜歡說教一番：先責備土屋種種無動於衷的表現。她想，至少要讓自己習慣「分手」的語言，而且至少也得讓土屋感到些不踏實，她故意用了許多「分手」的詞。可是，土屋像往常一樣，還沒等她嘮叨完，就用嘴唇去封住她那喋喋不休的嘴。

剎那間她面對了色情背後永遠無法治癒的不正經；在現實繁雜而又嚴肅的種種問題裡，

她直接面對著絲毫不留情面的不正經……節子想拒絕，可是辦不到。與顧慮重重的不和悅、潔癖相抗衡，她現在委身於沒頂的世界豐裕之中了。

最終，雖說節子不願和過去的生活做比較，但她還是迫不得已做了比較：土屋給她的東西確實是丈夫無法給她的。

他們極自然地全裸著，毫無誇張，絕不賣弄。他們厭倦了電風扇，從大開的窗戶，大口大口呼吸著涼爽的夜風。遠處傳來列車的奔馳聲、汽車的喇叭聲，以及混雜其中的叫喊聲。土屋站在窗邊，抽著菸朝下望。節子用窗簾裹著身子，站在他身邊。

叫喊聲是從小學校的校園裡傳出來的，那校園比旅館的院子要矮一截，像是正舉行相撲比賽呢。燈光描畫出一個圓圈照射在摔角台上，從遠處看，那摔角手像小狗般大。突然，兩人倒進光圈外的陰影裡，有人贏了，但看不清誰勝誰負。

「你可是完全不會不安啊，只有我一個人不安，整天提心吊膽的。」

「這種不安還是丟掉得好。」土屋說。

又接著說：「妳家主人也會感到不安嗎？」

「……那倒沒有，真的一點沒有。」

土屋咧嘴愉快地笑了。節子繼續說著：

「可是，倉越他沒有不安，和你沒有不安完全是兩回事嘛。你可是什麼都感覺到，什麼都知道，怎麼就沒有一絲不安呢？」

「妳可真抬舉我呀。」

土屋抽著菸，因夜風停了，吐出的煙繚繞在他裸露的身體周圍，他的肉，不正經的肉塊。他或許是個有必要將趾高氣揚的男性特徵硬性包裹起來的人吧。

「你和我之間……」話沒說完，節子便不說了。土屋也沒追問，於是，剩下的話全沉澱到她的心裡。

這時，節子直覺地感到，她和土屋之間已經沒有什麼障礙了。她覺得自己焦急等待的，不是其他，正是這些障礙。能夠挽救她的，不是別的，也正是這些障礙。可惜它不存在了。

節子說了句完全不著邊際的話：「我比你想像得要自由。」

第十二章

如果等到丈夫離開避暑地，而土屋隨後到來，節子還是很怕醜聞在這個狹小地方鬧得滿城風雨。所幸有教養的他也不會做這樣的事，只是規矩地在東京等待節子的歸來。當節子埋怨土屋太守規矩時，土屋會忽然變成心理學家，說約會太頻繁，會讓熱情消退。自己寧願忍耐些，也要將她從不明智中救出。他甚至為自己處處替別人著想而沾沾自喜。

節子喜歡海、陽光和風，一切訴諸感官的自然，對「忍耐」、「親切」這一類的話，她只看作是令人害怕的人工事物。直率的節子甚至連提高快樂的技巧都輕蔑。

在這沒有土屋的土地上，面對海浪、海風，節子簡直成了戀愛中的女人。應當說情緒起了微妙的變化。如果土屋真的來了，她倒覺得會毀了她戀愛的純潔性。

隨著離開東京後第一次幽會的日子逼近。節子將那一天想像成特別的全新的一天。因為有那一天，節子期盼真正的熱情、真正的戀愛、真正的瘋狂行徑到來。她的心之表面忘卻了倦怠，但並沒有因此放鬆警惕。於是，她做夢都想要一堵任何倦怠都接近不了的銅牆鐵壁，結果與其說節子希望熱情的流動，不如說她更希望熱情狀態的停滯。不過……怎麼可能有這樣的東西？

節子以前不需要服藥，所以她不知道現在正流行能將月經提早或推遲的方便藥品。不過即使知道，她或許會討厭這種人工藥品。其實節子對丈夫第一次感到輕蔑，正是因為他太熱衷於避孕的人工手段了。在這一點上，土屋的無所作為倒讓她產生了無可挑惕的信賴。

如前所述，節子的月經老是延遲。就像陰晴交替毫無規則，每當她為不規則的周期不安時，總是一個人望著誰也不容置喙的小小又溫柔的命運。就像占卜晴雨般，她無法估計時日，只能靠占卜。這個月的月經來得比預期晚，而且一旦來了就沒完沒了，到明天約會時，還沒有結束的跡象。

幽會的地點是位在現在的住地與東京中間，海岸邊的小飯店。以前曾想去住，但一直沒機會，也就沒去成。

這天，節子一到飯店，便看到土屋穿著游泳褲，在與飯店庭院相連的熱鬧沙灘上，等著她。他沐浴在灼熱陽光下睡著，臉上沾滿沙子。

節子由上往下眺望他，驚訝地感到，他占據的空間，與沒見到時自己展開的戀愛想像空間竟有如此巨大的差別。一個人對別人來說有某種程度的需要，而且構成了怎麼樣都不公平的世界。其實這些天節子忍受著情慾的煎熬，但一看到眼前睡覺中的土屋，她確信自己的愛絕不只是肉慾的。只要有了這個確信，節子就不再感到羞恥了。

土屋睜開眼，陽光太過耀眼，但他平靜地笑了。這是每次約會時的打招呼。

他看到節子已經換好了泳裝，土屋說一起去游泳吧。節子拒絕了。土屋又邀請了一次，節子還是拒絕。好半天，她才道出今天下不了水的原委。聽了這話，土屋臉色一沉。節子畢竟是節子，比起他體諒人的優點，對他這種現實的表現感到有些驚訝。

那一晚，節子和土屋住在旅館裡。夜裡，他們散長長的步，腳背讓退去湧來的潮水打濕了。回到屋裡，聽收音機，慢慢地喝著飯後的酒。以前總是土屋著急的，今天主宰時間的是節子。

節子想利用這個千載難逢的機會，試試土屋全部精神之愛的強度。她三言兩語地為今晚的障礙道了歉，看到土屋那副委屈的樣子，很不以為然，真想說：你愛的只是我的肉體嗎？這話要是出口就收不回來了。節子不願去想像土屋對這話做出的虛假反映；但另一方面，她又不願看到土屋放棄了的平靜表情。

夜深了，浪潮聲變大。風向改變了，特地打開紗窗，風也吹不進來。看著鎮定自如吐著煙圈的土屋，節子又感到不安：今天的障礙對他來說根本無所謂，他的沒勁只是不懂禮貌罷了。

他們本該如孩子般安穩地睡覺。但一熄燈，只聽見抱著節子的青年夾雜著痛苦的喘息聲。這痛苦的喘息，讓節子半喜半憂，她感覺自己若不去安慰土屋，他恐怕連命都要沒了似的。她用力騰出手臂。丈夫曾強烈要求卻被她堅決回拒的愛撫，她給了從沒要求過的土屋。剛描畫出的不祥陰影被一掃而光，在這令人激動的潮水之中，一切都變得清淨無垢。

……這就是真正的熱情嗎？這難道是一種瘋狂嗎？應該以什麼標準來區分呢？不讀小說的節子本不想探究什麼標準。反正不情願的事一樣也沒有，情慾得到了滿足，但距離瘋狂還遠得很，現在只不過是自然流露的喜悅罷了。然而，就是沉浸在這歡悅中，節子的孤獨更勝以往。

早上，節子的障礙過去了，她可以毫無顧忌地委身於土屋了。完事以後，土屋的身體上留下一抹血痕。節子把這血痕想像成土屋弄傷自己後流的血，溫柔小鳥的血……只為土屋而流的血。

整個夏天，他們多次在這間飯店幽會。不久，秋天到了，節子和菊夫一起回到了東京。

節子在心裡仔細地回顧這半年來親密的肉體戀愛的經歷。將每次約會時土屋的臉重疊後，簡直像面對同一底片的照片一樣，分毫不差。

節子心想「他真是個感情怪物呀」。這種堅定、這種平靜、這種老是無變化的態度可不尋常。兩人的關係一步步深入，節子似乎一點點從土屋、或者說從土屋的實體上分離，住進了由她一個人描繪的幻想領域。但這樣的幻想又和以前從不知道情慾的幻想不一樣。把土屋放在眼前，她就觸摸他的肉體；他不在時，也追求他的聲音、他的氣味。她忽然做起夢。男人成了熟練的看護，他把女人當成夢遊患者。這個病人就在他眼前，顯然把他當做夢，而且沒有敢於正視他的勇氣。病人不想睜開眼睛，男人就在女人旁邊，說些溫柔的話，做些平靜的動作，總是躡手躡腳地走路。

……雖說如此，但這個夏天的回憶還是在節子的心裡留下美好。海邊的傍晚、彩色的雲、點點風帆、終日坐在旅館小休息廳裡那對孤寂的外國老夫婦。每當坐在海角前平整的黏土色岩石上，波濤會湧來拍打岩石，又忽然從腳下的小洞迸出，發出令人害怕的聲音而退去。

節子邊描畫風景，邊描畫情慾。用同樣的畫具就足夠了。那吹拂風景的海風，也充滿了土屋的肉體氣息。

節子內部積累下來的肉體記憶用什麼來比喻呢？無論如何，對她來說也是第一次的經驗，沒有其他可比較的東西。節子的感官裡已加進了非土屋不可的條件。可是，土屋越是被當作無法取代的愛神，就越自然加重他作為普通男人肉體的作用，使土屋越來越成為無名的男人。節子一想到「非土屋不可」時，就搞不清那到底顯示出怎樣的概念。節子不能只愛他與眾不同的地方。因為會愛個性只能說是友情的特權。

節子沿用了土屋的名字。在那深深的忘我感覺中，在那日常生活不管怎樣的心境都與之不相稱的感覺中，她已經習慣了用土屋的名字來稱呼那種感覺。而且將他的名字變成了最私祕的名字。再也不能用其他的名字來稱呼這樣的感覺了。真的「非土屋不可……」！

最近，只要和土屋進到房間裡，只要兩人獨處，聽到鎖上門的聲音，節子的情緒會突然覺醒。又因為羞恥而想掩飾那個情緒，因此需要更長久的愛撫。土屋也立刻注意到了，盡可能延長她那長久的需要。節子連土屋的內衣都喜歡。只要手觸到土屋年輕有力的臂膀，她就感到像觸到火一般。他的肉體只是為了讓節子高興才存在著的……

第十三章

秋日的某一天，節子在常約會的店裡等著土屋。土屋來了。不久，與志子打電話來，節子去了出入口處吵鬧櫃檯邊的電話處。節子對與志子沒有隱瞞她和土屋的約會地點。與志子打電話來也沒什麼大不了的事。她再三表明羨慕節子那平靜的戀愛，說自己最近冷淡下來，正發愁怎麼來打發那瘋狂的傢伙。想就此事和節子商量商量。

接完電話，回到位子上，看看土屋的臉，正與電話裡說的形成對照。無論怎麼看，這青年臉上沒有半點瘋狂的痕跡。

要吃晚餐時，節子一眼看到背後座位裡，又來了個男人。稍微瞄一眼，她就看出那是丈夫的同事。正好還沒點菜，她在土屋耳邊說在衣帽間等他，就轉身出去了。然後她對跟出來的土屋說：「換個地方吃飯吧。」

土屋露出莫名其妙的表情。節子這樣的擔憂與狼狽不堪，已超出常識的範圍，難道被人看見和別的男人一起進餐，人妻就會有什麼不好的名聲嗎？

他喋喋不休地說笑著，但節子是認真的僵硬表情。逃出店後，節子也注意到她沒有狼狽的理由。與上次飯店裡的驚愕狀況相比，這次簡直是那次事件的拙劣模仿。

節子真想模仿什麼吧。模仿那次驚愕，再現那次驚愕，好再體驗一次充滿危險的撒嬌？……她看到丈夫同事的身影時，便抓住了這個模仿機會，希望土屋也與自己一樣害怕得發抖。可是土屋卻笑了。在去別間餐廳的路上，他不時看向節子而露出笑容。

節子感到那笑容的殘酷。但有一點是確定的：比起飯店那一回，她現在更需要土屋了。

那晚，在熟悉的飯店一室裡，節子像飯前禱告一樣，用說教的口吻，無意間公開了一個祕密。那發誓絕不對丈夫公開、也不對土屋公開的祕密：旅行之前曾打掉過一個孩子。土屋以非常乖順的表情聽著。

節子的這番告白用的是悲劇的口吻，窗邊的蟲鳴聲加深了傷感的氣氛。但口拙的土屋唯一可用的安慰手段，就是用吻來堵住節子的嘴。節子每次又都是專注地以嘴唇回報，長長的故事老是被打斷。

節子心裡藏祕密的抽屜本來就不多，一個新的祕密產生了，舊的祕密也就藏不住了。一個新的祕密……節子對土屋隱瞞了一個不安：這個月的月經，左等右等都沒來。

一星期過去了，節子的不安無法再等閒視之。她假稱上街買東西，一個人在街上茫然地走著。這時，迎面走來個怪人。明明是晴朗的日子，那個人卻戴著大口罩。帽子戴到眉梢。與節子錯身而過時，她不禁瞄了一眼帽子下的臉。那個人該有鼻子的地方只有個黑黑的洞，眼睛歪斜，沒有眉毛。

僅僅與那傢伙擦肩而過，那張可怕的臉就給節子留下深刻的印象。她快步走著想拂去那印象。誰知越走越覺得這大白天的街上，隨處都會浮出那張陰森可怖的臉。

這時，節子不禁想起以前聽來的一樁英國的真人真事：一個女人懷孕了，她熱衷的故事裡出現的一個男人，手上多出一個手指。這情節老在那女人心頭浮起，結果她生出個一隻手上長了六個手指的孩子。這個記憶讓節子不寒而慄。

節子坐上計程車，想起一次從朋友家出來時，那太太指著坡下的醫院說，那兒的女醫生診斷很準，而且態度親切，有事可以去找她。於是，她請計程車去了那家醫院。她不想找熟悉的醫生診斷。

那是一所由女醫生做院長很相稱的乾淨醫院。掛號處的態度讓節子很滿意。恐怕是節子的穿著很講究的緣故，院長親自替她診察。幾乎可以確診為懷孕，但還是給打一針「通經劑」。院長說：「過七天還不見月經的話，請再來一次。」節子打了針。

從那天起，節子老是像等著什麼似的。她等的並非以前日夜等待的月經。她感到自己被掌管潮起潮落的月亮的各種吸引力拋棄了。她所等待的是一種乾脆地阻擋在她和土屋之間的障礙物。也就是對兩人來說最缺乏、又最有必要的東西。那就是尚未成形的孩子，或者說還不能清楚指名為孩子的某種物體。

五天過去了，六天過去了，恐懼一點一點成為事實。吃飯的嗜好改變了，突然想吃非當季的東西。深夜時她竟然想吃薯條。這一次，節子非常害怕被丈夫看穿她的變化。

她心想乾脆不告訴土屋就去打掉孩子吧。轉念一想，又覺得該對土屋講清一切，由他來決定。可是教養很好的她，想來想去覺得不妥：把這事告訴土屋，是不是帶有脅迫的意思，況且讓土屋說出勸她流產的話，可以想像得出她會多麼悲傷呀。所以在向土屋挑明之前，她必須自己先拿定主意，而後讓他聽從。所謂自己拿定主意，當然就是指下決心做手術。想到這裡，節子忽然對自己與土屋之間的孩子湧起各種各樣的感慨與聯想。

節子的靈魂突然飛躍了。反正命中注定了，用透視法可以一清二楚地看到連接在自己、土屋、孩子之間的牽絆，也就是說節子的靈魂獲得了新的透視角度。而且她對作為母親的煩惱已有過一次而感到自豪，一種比情人站得更高立場的自豪感。雖說被逼得走投無路，但這樣反而獲得了一種自由，並將土屋看成除了關心自己的慾望、別的什麼也不關心的人。

節子抱著殉教般純潔的心情，感到了充滿苦澀的喜悅：因為是為了土屋才放棄做母親的職責。這是超越情人的自我犧牲，土屋即使竭盡全力也無法付出這種犧牲。這種犧牲讓心顫抖的痛楚以及巨大程度都讓節子感到，自己從土屋身邊跨出了一步。

雖抱著這樣崇高的想法，但另一方面，在分析不透的道德裡，這回打掉「不義之子」讓她分明感到一種善，這必須得事先說清。徬徨、游移不定的思考中，也讓人感到那種朦朧的善。節子沒有弄錯目標。她下決心實行這一善舉時，一瞬間，什麼負疚感也沒有了，她放心地鬆了一口氣。

石頭落了地，再想起街上那張可怕的臉，也不再覺得毛骨悚然，不再覺得有什麼不祥了。她已經埋葬了那無鼻子、無眉毛的孩子。只有這樣，才是對孩子本人，做到了一個母親該做到的最大善舉吧。

「假如生下來，肯定是個沒鼻子、沒眉毛的孩子。」節子頑固地相信。以浪漫為表裡，她看到自己背叛道德所得到的報復，她想把這一切都埋葬掉。

……秋高氣爽，在天空透明的日光照耀下，她相信自己能擺脫地下的羈絆，主宰它，解決它。反正，土屋對這問題肯定只有骯髒、卑鄙、可恥的想法。可是情人眼裡出西施，節子受到的正規教養，使得她只能看到土屋的好處。

……節子忽然感到背後出現了菊夫的影子。節子回過頭去。夏天曬黑的皮膚還留著痕跡，這半年來，她發現孩子長大了許多，快認不出來了。「啊，不能再和這樣大的孩子親嘴了。」她想著。現在她指望孩子的，是他一天天快長大，以其趾高氣揚的態度來批判母親。「這世上能正經批判我的，恐怕只有這孩子吧。」

節子如此想著。她害怕一切原封不動地淹沒在黑暗中，隨時間沖淡，獲得寬恕。

……她和土屋兩人站在飯店幽暗的陽台上，看著遠方街道上的眾多燈火，說起逝去的孩子的事時，節子深信這一夜將給她留下永久的記憶。

陽台下，夜風輕輕拂過竹林，那沙沙作響的聲音，聽起來像是下雨了。陰鬱的夜色下，無數霓虹燈輪廓，漸漸變得模糊不清了。

說起孩子的話題，兩人的心情都很沉重，這種說法實在不恰當。節子把自己的決心、放棄母愛、還未成形孩子的不幸命運，都當作這一夜抒情的裝飾。應該這樣說：起初她和土屋共生嘆息，她已經不能再放過這些嘆息，而且糾纏不放。

節子完全沒有責備土屋。但土屋對此事做出的反應令她吃驚。他只是沉默地聽著，看不出絲毫慌亂的跡象；結果連卑怯的言辭也說不出，只是沉默。眼前什麼都是定了形的。

兩天後一大早，節子去了那家打過針的醫院。做完刮宮術後，在那裡休息到天黑才回家。她假稱感冒，倒頭就睡了。晚回家的丈夫幾次說要請個醫生來家看看，都被節子拒絕了，說只不過有些頭痛而已。丈夫把買來的傷風藥和半杯水放在床頭櫃上，說是讓她看情況服藥。

菊夫已經睡覺了，丈夫還沒回家前這段時間，節子無意中打開床頭櫃的抽屜，看見了久違的春宮畫和照片。那些畫與照片上的，不過讓人感到，和土屋到今天的事，僅僅是些幻想和誇張。可是看著看著，她又明白了：從前她看不到自身的影子，那既不是幻想，也不是過分的誇張。讓人陶醉的事態確實存在，這是現在的節子以直覺感知到的。

不過今晚以貧血體質、沉靜的心情來思考，這種陶醉也只有一次穿透節子的身體，又和今天失去的孩子一起消失，大概不會第二次回到這身子上來吧。她鬆了口氣，感到自己超越了情慾。她覺得前面什麼也沒有，現在，只把身體擱在床上。只有在這什麼也沒有的地方，才能尋得徹底的休息。

確實有什麼完結了。和土屋之間最需要的東西，最令人期待的東西，那障礙物的影子出現了，然而它僅僅只是閃了一下光，就消失了……就這樣，有什麼東西完結了。

第十四章

第二天，節子稱傷風已經好了，一大早送走了丈夫，又回到床上躺下，一天就這樣躺著過去了。突然覺得疲勞極了，她覺得自己度過了命運的關口，這不正是人的一種本能嗎？甜美的回憶都成了疲憊的種子，而且現在休息的地方又籠罩著懶洋洋的甜美疲倦，她不想任何人來打擾，這可是節子獨自發現的新快樂。

節子久久地眺望著庭院裡移動的秋陽。它從樹叢到樹叢，從開了花的桂樹移到就要被砍掉的墨綠樹上。她望著秋天綿密、潮濕、肌理細膩的黑色土壤。看著看著，她想：只有這種靜觀事物的態度，才是最合理的。她如果隨日晷生下來就好了。

沒人跡的家，在「我家裡」流逝的生涯……這恐怕不能稱為生活，也不能稱為活著吧。但畢竟還活著，難道活著就非這樣不可嗎？

西斜的陽光照在窗上，反射出強烈的光，節子穿一件睡衣也覺得熱。她裸露了肩膀照了照鏡子。她不明白，為什麼沒有那張嘴唇來描畫這肩上的線條，節子就不相信有那種美的存在呢？那顫巍巍蠕動的嘴唇。她覺得自己美麗的肩膀與自己的心是兩回事，肉體讓人如此滿足，而內心卻飢渴難熬，貪得無厭。

夕陽西下，風來了。庭院裡，傍晚的幽暗悄悄爬上來，節子剛才還那麼清澄的內省心境，頓時像失去陽光的日晷一樣，又落入走投無路、悔恨悲傷、茫然無助的漩渦裡去了。她給與志子打了通電話，故意用誇張的纖弱聲音說：「我臥病在床，能來看我嗎？」節子對人撒嬌時，老是用命令的口吻。

與志子馬上就來了。當她把病情真相告訴給與志子時，她只是以朋友、自然且絲毫不客套的態度笑了。與志子具有女性少見的美德：只當一個忠實的聽眾。

聽完後，與志子露骨說，自己是不孕的，她取笑節子如此容易受孕，也太動物性了，然後又說，只有每月那正常的障礙，才能保證自己是個人。

「每月那玩意兒，麻煩是麻煩，但有時還是讓人感到高興啊。」與志子說。

忽然節子覺得與志子的到來，像是妓女來看望生病的妓女朋友般。

……在與志子的活潑裡，除了有意給病人打氣以外，還有些說不出口的東西。節子終於用聖女般的口吻說，自己完全沒有責備土屋。這時，與志子像是再也忍不住了似地說：

「那麼，土屋知道妳昨天動手術嗎？」

「不，我沒告訴他。」

「是嗎？那我就不說了。」

與志子的話含糊起來。在節子執拗地追問下，與志子說：

「好吧，告訴妳，昨晚我在夜總會看見他了。」

節子還來不及琢磨這個打擊，只是冷靜地質問：「可是妳不是還沒見過土屋嗎？妳怎麼會認得他？」

「認得出呀，妳給我看過好幾次照片嘛。」

「他和誰在一起？」

與志子岔開了這個問題。

「他坐在旁邊的那一桌，我立刻就認出來了。我認識他，他不認識我，真好玩。看照片的時候，我就一直在想土屋會有怎樣的聲音，結果跟我想像的一模一樣。」

「他帶誰去了？」節子又問了一次。

與志子只簡單地報了個女演員的名字。正是那個人，和土屋約定去旅行時，在咖啡館裡見到的那個女演員。節子趕緊為土屋辯護，合理化他的行為。

「要是他知道我昨天去做手術，他就不會去那種地方的。平常玩玩也在所難免，儘管不像我這麼嚴重，他也會不安的，一定的。」

節子向與志子隱瞞了一件事：土屋知道手術的具體日子，他上次約會時應該從節子的話裡推測出昨天是手術的日子。

隨後，與志子不厭其煩地大談自己的情人，問節子能否與那傢伙見一面，和他談談，她覺得第三者的意見最值得參考。與志子滔滔不絕，但節子卻心不在焉，感覺眼皮跳個不停。與志子走後，節子哭了。第二天一整天，她真的成了病人，受偏頭痛所苦。剛剛獲得的超脫境界，又給毀了。有生以來，她第一次懂得了嫉妒。

好幾次，節子猶豫著想打電話給土屋。原本沒告知他手術日子，是打算下一次約會裝作若無其事，只告訴他結果就好。沒想到這個計畫也化為泡影。現在打電話告知結果又有什麼意思呢？況且一打電話，節子無論如何控制不住要問他夜總會的事，打電話又有什麼好處呢？然而即使節子還是心生怨氣，她還是想聽聽土屋的聲音，哪怕一句也好。

她到了這個年紀第一次懂得，消除嫉妒的孤立感、消除那份焦灼和怨氣的方法只有一個，就是向嫉妒的對手、憎恨的敵人那一方伸出哀訴之手。她只有抱住敵人刺傷自己的劍，才能求取藥餌。

但節子雖然克制自己，憎恨土屋，卻又渴望聽到他的聲音。她拚命克制著，與這種痛苦相比，刮宮術簡直不算什麼。

此後，在纖弱的節子體內（並非說精神，要說肉體）確實產生了某種自信。像住在極寒地區的人，對嚴寒有充分自信般。她感到：「在不知不覺間我已經擁有這種忍耐苦痛的力量了」。

第十五章

與志子讓節子騰出一下午的時間，帶她去見自己的情人，一個叫飯田的人。節子對這種介紹一向覺得很尷尬，見面一看，飯田是個年近四十、挺俗氣的傢伙。節子真有點懷疑與志子的品味。對節子來說，那個人簡直沒半點魅力。但彬彬有禮的節子，沒有把她的想法顯露在臉上。最近，她學會了一種處世方法，即使與志子老嘀咕說那傢伙的壞話，節子也絕不隨聲附和。況且，她一想起自己情人那張英俊的臉，就會立刻拿來和眼前的飯田比較，那種暗暗得意的心思，連她自己都感到吃驚。

節子現在的心境裡，容不下半點友情。她漫不經心地聽著兩人互相發牢騷，這男人是個有誠意的人，只是執拗男人的滿腹牢騷，讓人受不了。這時，她想起另一個男人，乾脆卻又冷淡、毫無誠意。

正當她恍神的時候，眼前的與志子和飯田竟吵開了。這裡可是飯店的小休息廳，還好四周都是外國客人。兩人忘記了忌口，連性交之類的事也說出來互相中傷。節子可真為他們捏了一把汗。突然盛怒的飯田漲紅了臉，站起來走了。

留下來的與志子，滿臉漲紅，氣息急促，但臉上的表情卻像上了一層石膏膜般僵住了。節子說了幾句安慰的話，又為自己無法幫忙而不停道歉。誰知與志子卻說：

「不讓他這樣生氣，恐怕是沒辦法讓他走開的。要不，他一整天都不會離開，真討厭。我剛才差點快被他殺了。」

——節子沒有接話，只是掃視了一下休息廳裡的人：都是些有錢又有閒的觀光客，像是不知如何打發時間似的。他們對旅行中無所事事的境遇感到厭倦，坐在那兒擺弄著兩腿，一會兒伸出去，一會兒蹺腳。

節子覺得那曾是自己有過的境遇，那時節子還不懂得什麼是嫉妒。她有過多閒暇，但現在閒暇飛走了。填補閒暇的，是一種有密度、有反應的某種東西嗎？並非如此。

忽然與志子叫了她一聲，說：

「上次我說的夜總會的事，妳沒想要報復嗎？不過妳要沉住氣，慢慢等待機會才行。明天是手術後第一次和土屋見面吧。見到他，絕不要說出夜總會的事。被他看出妳在嫉妒，那妳就完了。」

「我知道。」

節子笑了。事到如今就是不說，節子的心境也達到如此的境地了。但這話接在與志子和飯田的下流口角之後，倒讓節子感到有些晦氣。

與志子繼續傳授祕方：總之，手術後兩、三週，必須讓身體靜養一番，所以，這期間與土屋見面要冷淡。然後先和他口頭約定下一次肯定能同床共枕，不過真到了那天，要去飯店時，突然毫無理由地拒絕他。不管他怎樣求，那一天必須堅持住，絕不能心軟。只有進行這樣的報復，節子才可能重振旗鼓。

「好吧，照妳說的去做。」這回節子充滿自信地笑了。

「笑可不行呀，說好了，一定得照我說的去做。」塗著深紅指甲油的小指和塗珊瑚色指甲油的小指勾在一起。

——節子真的這樣做了。受著嫉妒之苦的自己，現在居然令人吃驚、輕而易舉地按計畫做了。在情人面前，第一次捉弄感情竟如此新鮮！

節子甚至感到，自己所期望的精神結合似乎開始了。土屋是那樣善解人意、體貼，簡直把節子當成易碎的花瓶來對待。節子相信自己肉體潛藏著不可測的力量，對她來說，這樣的伺候令她格外高興。特別是土屋老也忘不了的殷勤暗示，讓她更感興奮。

「今天只散步，下次一起去跳舞，再下一次就不要緊了。」

「真的不要緊了嗎？」

「絕對不要緊。這樣已經很小心了。」

土屋打聽手術中的情況，節子謹慎、科學地回答：「麻醉呢，大概早上十點，中午藥性就退了，等到做完手術時，麻藥就不管用了，這時候最痛。」

「真可憐。」

土屋用世界上最柔和聲音，說著世界上最恰當的安慰話。然而，只有節子最清楚，他與女戲子約會的時候，恰恰是自己最疼的時候。現在聽了這安慰的話，她差點跳起來，但她變成成熟的節子，忍住要暴發的憤怒。然而拋開這種想法後她卻又可憐起土屋來：

「這青年當政治家肯定會成功的。」

不過，綿綿秋雨的一天，兩人在躲過戰災、又潮濕又舊的建築間散步。傍晚時分，街道上人煙稀少，河邊看來像要塌倒似的舊民房點上了燈。兩人在古色古香的街道七轉八彎，不一會兒竟走到了盡頭。這死巷的盡頭有一扇久已無人造訪的大門，門欄都壞了。居然還是一家不大有人光顧的律師事務所。

「我是為了練腿才走路的。」節子說。

兩人合撐著一把傘。土屋為了照顧節子，自己幾乎全濕透了。傘只撐在節子頭上。節子漸漸對這種禮貌、關心也不動心了。大不了的細心之處一樣樣感動會加重心理負擔的。土屋讓他淋濕了才好呢，讓雨順著他的風衣、流到衣服上，再從衣服滲透到襯衫、內衣，然後再無情地流過那傢伙的皮膚才過癮呢。

在小巷弄裡轉來轉去，不知走了多少路，忽然四周有人車往來與鼎沸的聲音。原來兩人不知不覺間已來到繁華的大街上。

喧鬧、明亮，雨中街道紛亂雜沓，讓人覺得像夢幻一般。對面有大樓上巨大的霓虹燈，反射著閃閃發光。彷彿原本聽不見的耳朵突然聽見了似的，街上行人的高聲談話、收音機裡傳出的歌聲、汽車喇叭聲，一起湧現。

「真沒想到，走那條路會走到這條街上來。」

節子說。兩人裝作一開始就是走在這條大街上般，走進了一家明亮、熱鬧的店裡喝茶。

下次是跳舞，再下一次……

手術已過去近二十天了。一想起明天終於要和土屋開戒了，與志子的忠告是另一回事，對這兩星期來的狀況，節子感到依依不捨。曾如此煩惱，依靠欺騙感情過日子，這兩星期靈魂處於休戰狀態，各種事情都停止進行，成熟和腐敗也停止，暫時避免了將人胡亂捲入嚴酷的法則之中。

明天開始就不一樣了，又要開戰了。其實，要遵守與志子的忠告，只要穿著在人前脫不下來的髒內衣去就行了，但節子還是以生來俱有的潔癖和教養為藉口，明天早晨還得換上新內衣，穿上與衣服相配的新款襯裙。她像要去遠足般，前天晚上就都準備好了。

丈夫還是老樣子回來很晚，立刻就睡著了。被妻子多次拒絕後，他變乖了，成了什麼也不要求的丈夫。這傢伙從不表現出狡猾，他讓身邊的妻子看到的永遠是那張充滿誠意的睡臉。

第二天，當約會的時刻漸漸逼進時，節子變僵硬了。她讓今天無論如何得拒絕土屋的使命弄得緊張萬分。

她應該比土屋晚一點去，若無其事地出現在他面前。偏偏急性子的節子又不知不覺地在約定時間之前來到約會地點。土屋還沒到。

……土屋還沒來。節子越等越痛切地覺得，她根本不是什麼手術後特別的自己，不過是以往自己的繼續，今日這一天，也不過是屢次屈辱幽會的持續罷了。這樣一想，節子真正體會到與志子的忠告是多麼中肯。

而且照與志子說的控制住嫉妒，在今天這特殊的日子裡，節子感到它又甦醒了：土屋還沒有來！或許土屋遲到了，也還會故意裝出愉快等待今天的樣子，其實他早就想避開節子的身體了吧。

不安漸漸讓節子怒火中燒，啊，自己是世界上最悲慘的女人了。自己曾演戲般溫柔地原諒了他以前的不忠。或許他越來越囂張，今天的幽會他故意遲到來氣節子。

二十分鐘過去了……快半小時了。節子終於忍不住了，付了帳，準備一個人回家去了。誰知剛推開門探出身子，眼前忽地停下輛計程車，土屋從車上下來了。

節子完全失去理智，變成個孩子了。她看了一眼土屋，只當沒看見，頭也不回地走了。土屋追上來，節子看也不看他一眼。土屋跟著頑固踏著快碎步的節子，與她並肩走著，穿梭於行人之中，土屋開口了：

「妳走真快呀。」

土屋戲謔地說，節子怒火中燒，看了他一眼，那張臉像老實少年般，額頭隱約閃著光。這男人真有特殊的絕技，一碰到情況不妙，他立刻就會變成老實賣乖的少年。

這天又陰又冷，簡直像十一月中旬的天氣。從這天起，她感覺秋天結束了。

「冷死了，我們去個暖和的地方吧。」土屋說。

「妳在氣什麼？就快要去只有兩個人的地方了。」

所謂「只有兩個人的地方」是土屋要去旅館的慣用語。

「我有話要說。」

「又有話說？」

節子冷不防推開路邊一家店的門，對土屋說：「進去！」兩人是第一次來這家店，是一家閒散、幽暗、讓人覺得端出來的咖啡既不乾淨又不好喝的店。

「我不想喝茶。」土屋說。

「就要喝。」節子不理會他，點了餐。幸虧店裡客人不多。

土屋開始解釋自己為什麼遲到。節子氣到還沒聽完一半就打斷了土屋。照與志子的指示，必須到節骨眼上才能亮牌，但節子等不及了。

「今天……不去那約好的地方了。」

「為什麼？不是說好了嗎？」

「就是不去。對不起，我不能去。」

「怎麼了？我遲到了，所以妳生氣嗎？」

「不是那樣的。」節子故意提高音量：「我只是不想去。」

被拒絕的土屋露出天真無邪的臉，這時候他的表情與節子的想像完全不同。他只是一副驚訝的表情。像一隻因被懲罰而暫時不能吃東西的狗，一臉無辜地完全不知道自己做了什麼錯事的表情，看來他是真的搞不清自己為什麼被拒絕。剎那間，節子竟覺得喜歡起那張純潔而不滿的臉。那一瞬間節子雖然喜歡，但她想，還是先把那份喜歡收進心裡的另個抽屜裡吧。

但土屋的這個表情真的是演戲嗎？節子忽然懷疑起與志子的告密會不會只是想要中傷土屋？如果是的話，節子就變成是無事惹事了，於是她問：

「某月某日晚上，你在什麼地方？」

「某月某日，是妳手術那天吧。是啊，我在哪兒呀？那些日子，我每天心神不寧，肯定很晚還沒回家。」

節子說出那家夜總會，又說了他帶去的女演員的名字。土屋認真地仔細回想起來。其實這時的節子已經原諒土屋了。如果他竭力否認，節子打算順水推舟，讓此事就此了結。土屋那少年般的灰暗眼睛，似乎認真地搜尋自己的記憶，孤獨地啃著指甲思考問題、像少年般的神情……節子忽然不安起來。

土屋的回答完全背叛了她的預想。

「嗯，想起來了。那天晚上，我確實去過了。我……帶的也是那個人，被誰看見了吧。」

聽到這裡，節子的胸口一緊，不禁落淚。讓她絕望的事還是發生了。

一看到節子掉淚，土屋開始頭頭是道地辯解起來。他給自己的心理亂加註釋：說是要不是自己拚命想，怎麼能回憶起來呢。節子終於責備起土屋：自己手術那天還帶女人出去玩，真不要臉。誰知土屋卻振振有詞，說什麼，他根本沒想到那天是手術日，帶那女演員去純粹是偶然。假如他與那女人真的有超友誼關係，他絕不會那麼輕易地坦白吧。但其實正是輕易坦白這個舉動引起了節子的懷疑。

土屋的手臂擁住節子抽泣而顫抖的肩膀。節子用力甩開，轉過頭朝別處抽泣。她希望他盡可能看到自己的肩膀。

兩人就這樣不知待了多久，時間彷彿停滯了。節子蒙住了臉，聽著開門聲、客人的腳步聲、令人煩躁的唱片切換聲，忽然又聽見盤子碰撞聲，各種聲音傳進耳裡。這段期間她聽著，彷彿只有這些聲音才能進入她的心。節子甚至數起開關門的次數來。

突然節子將臉從那條剛從手提包裡摸索出來的手絹移開，然後看了土屋一眼。這青年一臉不高興、厭煩地看著對面的牆壁。

土屋恐怕從沒露出這麼無禮、露骨的態度。這張臉離得那麼遠，再放任下去，恐怕會永遠離開了吧。看著他這副樣子，節子完全失去了拒絕他的自信——那樣信心十足的自信。

土屋看她哭完了，趕快把節子帶出店。一走到街上，到底是節子，甦醒的矜持讓她拭去了眼淚。土屋默默地攔了一輛車。節子開口問：「去哪兒？」，土屋回答：「哪兒暖和去哪兒吧。」在車子裡，節子又哭了起來。這回是因為自己的窩囊而哭。土屋像是覺察到了似的，什麼安慰話也不說，只是抱著手臂，深深坐在車座上……簡而言之，就是態度堅決。

在飯店的房間裡，節子因哭太久，全身虛脫，像隻死雞。土屋粗暴地開始動作，脫下她的鞋、脫下她的衣服、脫下襯裙、脫下馬甲。一切都在明亮的燈光下進行。節子力氣喪盡，全身無力，任憑土屋擺布。土屋那粗魯的指尖讓節子感受到從未體驗過的喜悅與激動：這並非鎮定自如、信心十足情人的手指。

節子感到土屋的嘴唇碰到了自己的腳。平時她會挪開，但這回是裝死，所以她不能抽回。節子偶然會這樣裝出沉沉入睡的樣子，於是她像一個人裸體時候那樣，讓自我得意的苗條而又美麗的腿，每一寸都感覺到男人嘴唇的溫熱。

可是節子不可能長久地裝死。不久肉體的火熱觸到了手指的冰涼，節子甦醒了，尖聲叫起來，這是生來的矜持（因為從來沒有發生過讓她違背這個矜持的事情），不曾在丈夫面前叫過一聲的節子……

她決定什麼也不想，維持這樣的狀態直到回家。她真的什麼也不想，習慣性地朝土屋笑了笑，甚至還訂好了下一次約會。

節子注意到自己又在欺騙自己時，已經是她回家後獨自一個人的時候。與志子的忠告是正確的。節子將心中燒剩下的餘燼，又撥旺了，記憶直接與過去的習慣連結，其間本該贏得的東西，又全都歸於無了。

我們害怕未來，大概是害怕讓過去的堆積物曝光吧。節子懂得了，要在戀愛中自由就得掙脫哪怕是一瞬間的記憶之絆。我們只是將害怕重複的心情隨意地叫做害怕墮落。節子所害怕的東西已經不是墮落等事情了。

忽然她腦中又浮現在街上遇過的那張不祥的臉：那張殘廢人的臉。墮胎後的今天，那隱藏在帽子和口罩下，沒有眉毛、沒有鼻子的怪臉，不該再成為眼前恐怖的種子。然而，那張臉的可怕，說不定還帶有些別的意思。

那天忽然遇到那張臉時，節子老覺得不管孩子該不該出生，總有什麼事與自己的未來有關，由此產生出種種恐懼。現在眼前的恐怖顯然性質完全不一樣。改變恐怖需要某種確定的感動……恰似孩子在路邊看到小蟲，最後會因為害怕而哭出來，不過在這之前，他會先停下來，仔細觀察一番，與這樣的衝動很類似……

節子想，人的臉，只要改變一次，就會想看清它究竟變到了什麼地步，那是受到恐懼所驅使。

「那張可怕的臉，當初也曾經和其他人一樣，稱得上漂亮的臉吧，後來變成了廢墟……假如那張臉真有漂亮原型的話……啊，我今天的臉，今天的體態，難道不也是一種原型而已嗎？」

第十六章

在節子的戀愛裡，女性特有的興奮之泉，如詩一般抒情的地方已完全消失了。在生活片段裡，戀愛給予的滋潤和陰影都消失了。一切都暴露在光天化日之下，帶著讓人害怕的鮮明輪廓。這些日子她覺得沒有比那明亮秋日更殘酷的東西了。氣味和色彩飛散了。像個飢餓的病人，她的感情接連不斷地扮演著乞討者。

她想著：自己身邊難道沒有能讓心安靜下來的地方嗎？她四處尋找著。的確，似乎有那樣的地方：秋天有各種各樣的社交活動。夜裡，燃起篝火；庭院裡，到處擺出模擬店般的遊園會。有舞會；有雞尾酒會；還有戲劇招待會。街道的交際圈裡也有各種各樣的招待。可是，節子曾試過一次，結果她終於明白了，不和土屋一起去，不管到哪裡都索然無味。

節子那豐滿而孩子氣的臉龐，漸漸變尖，變得嚴肅起來。她那天生的直率幾乎喪失殆盡。她性感中最富光彩的直率，反而隱入陰影。也許是她已經忘記了與生俱來的輕鬆的偽善，變成遇到任何事都過於認真的緣故吧。

終於，節子向音樂求救了，一個人去了音樂會，恰好有場來日本演出的名家演奏會。結果發現自己想像力的消退。她感到吃驚。音樂聽來完全不順暢，像劃玻璃碎片似地不和諧、刺耳，她想在音樂中尋找心靈的安寧，誰知道音樂反而將她推開，強而有力地推向音樂以外的不安。偶爾滲透心靈的美麗一小節，清純地流入心田。但僅僅這些是無法安慰她的，她最不願回想的回憶歷歷在目，就像有毒的甜言蜜語一味地給耳朵獻媚。

儘管節子以為肉體比以前更緊密地與土屋結合在一起了，但她越戀愛，越覺得孤獨。甚至白天在外面裸體散步也不過如此，非常鮮明的孤獨，連藏身之所也沒有。藏身的屋子、安息的場所、讓人心靈休息的溫暖一角……她覺得這些東西已經從這個世界上徹底消失了。

菊夫怎麼樣呢？節子已經給了菊夫無言彈劾自己的權利。這也許是節子一個人的幻想遊戲。就是讓孩子講幼兒園裡的事、動物園裡的事，這個老是孤獨的母親也會用眼睛向孩子傾訴：

「嘿，你能寬恕媽媽嗎？」

菊夫笑了笑。節子從那單純的笑眼中，不斷讀出這樣一句話：

「不，我不寬恕。」

節子顫慄了。顫慄的同時又安下心來。

「假如這孩子說出寬恕的話來，我大概會殺了他吧。」

真是不可思議。

節子開始思考了。思考，自我分析，都是從必要中衍生出來的。節子失去了「自己屬於幸福種族」這種與生俱來的自信了。

……每次幽會，隨著肉體愉悅的越來越強烈，節子注意到土屋的話題變得越來越貧乏了。格外明顯的是：他一會兒露出閒得無聊的表情，一會兒又顯得茫然若失。土屋真是現在才變成這樣的嗎？還在戀愛當初，他一聲不吭、肆無忌憚無趣的樣子，其實節子早該注意到了。同樣是百無聊賴的模樣，那時讓她安心，現在卻讓她痛苦。

土屋一聲不吭。與此同時，節子的想像力彷彿被刺激了一樣，變得靈活。自己感到了前所未有的嫉妒，她不能忍受自己這樣，所以隱瞞嫉妒成了她的習慣。她發現自己隱藏嫉妒，強裝笑臉，這簡直和奴隸相差無幾。雖說她發覺到了，卻無法改變。

土屋又沉默了。節子故意提高嗓門，竭力想找出些讓人愉快的話題。但悲劇性的嗓音，再有趣的話題，也傳達不出那種該有的愉快氣氛。有時，土屋還會淺淺一笑，說：

「嘿，這已經聽過了。」

這青年不願重複聽相同的故事。

一天早餐時，節子仔細打量起丈夫：這個人不能分擔自己的痛苦，也無力承擔自己的重負；就此一點，足以說明丈夫已成為真正的局外人了。你把他當成局外人，對他反而會湧起一種別樣的親切感，節子被一種危險的誘惑苦惱著：她竟然老想著向他吐露一切。因為在她心裡擱著最後的夢，她想看看丈夫知道一切後那種驚愕與苦惱。無依無靠的節子也許能從丈夫這裡尋見意想不到的支柱；也許能看到有一個為她而苦惱的人。

她只懷疑這個老睡不醒的丈夫體內，究竟還有沒有苦惱的能力。他即使也有情人，那他肯定一開始就找了個不怕苦惱的女人，儘管他是個不慍不火的人，然而他的溫和性格，讓所有感傷主義離他而去，在人情搆不到的地方，他拋卻萬事，沉沉地入睡了。

節子有時想像：實際上丈夫什麼都知道，只是他膽小、懶惰、狡猾，所以才沉默著。節子曾聽過這樣的例子，沒有比這個更悲劇、荒謬的事了。一個胖胖的丈夫善良而遲鈍，深愛著妻子，他完全沒察覺到妻子的不忠。他沒察覺恐怕是在潛意識中不斷忍耐著什麼。終於，忍耐衝破了肉體的極限，發出了悲鳴，身體一天天衰弱下去，幾個月前，以一個煞有介事的病死去了。而且直到死前，他都一絲不懷疑妻子。

「我丈夫大概不會有這種事吧。」節子希望沒有。可是，假如他全知道卻一點不苦惱的話，那麼，節子下賭注的唯一的夢，唯一的救贖，豈不要全線崩潰了嗎？

她也想過失去土屋以後的事。自己可以回的只有這丈夫和孩子的家。那時，丈夫會以什麼態度來迎接她呢？只有這時，這個什麼也不求的丈夫也許會乾脆地拒絕她吧。也許讓她在同一個屋簷下生活，夫婦倆同床異夢。

孤獨的恐懼噬咬著她的心。一天晚上，節子竟挑逗起丈夫，很久不曾這樣了。她想確認一下，自己返回時，歸來的地方牢靠不牢靠。

睡意矇矓的丈夫睜開眼，他眼睛裡說：「究竟怎麼了？」嘴裡卻這樣說：「奇怪了，妳不是已經討厭我了嗎？」

他像失去了某種自信，似乎也並不想硬是去拽回失掉的自信。矇矓睡意像是還未解除。對這樣愚蠢、直白的詞語，節子無言以對，只好微微一笑。她故意露出薄薄青色睡衣裡的肩膀。節子在這一瞬間只好想深切體驗一下做妓女的滋味。必須做個什麼也不說的妓女。只有如此，才能不沉溺於戀情，只撈取丈夫身體中純粹男性的要素……

她半睜著眼，眼眶邊濕潤，在枕邊的燈光熠熠生輝。在深深的睫毛中，眼睛一直在測量丈夫的肉體與自己肉體的距離。

丈夫輕輕拉過節子的手，又用自己戰戰兢兢的手，去撫摸那毫無羞恥感覺的身體。不一會兒，節子拋開了最後一絲難為情，發出了虛假的高聲。丈夫被第一次遇到的景象驚呆了。他還以真正的熱情，愛撫也變得激烈忙亂起來。

這一夜，丈夫嘗盡了好滋味。他變得十分殷勤，最近又繼續了兩、三次；然而，節子不可能隨時都做妓女，連假裝出來的尖叫也懶得再來一遍了。於是，節子又恢復到平常的節子，掀起的漣漪又平緩了下來……新的奇妙習慣就此消失。

妓女般的賣弄，到頭來，只不過讓節子嘗到了更多的辛酸。聲音在空中迴蕩、消失。兩相比較已十分明顯。被安置在毫無激情的家裡，一想到明天和土屋約會，節子的身子竟顫慄起來了。

——已經是冬天了，節子想去夏天約會時待過的地方。下午，兩人沒帶行李，去了離東京有一小時行程的旅館。河邊已不見人影，旅館裡也只有他們。在河邊散步很冷，厚厚的雪層裡傳來飛機的噪音，彷彿壓得很低，在沒什麼人影的河邊一帶瀰漫著。雲嶂霧疊的海岸上，夕陽灑下一條不吉利的半紅半黑的影子；在黑雲底下，拖得長長的，直連接到地平線的那一頭。

五個多小時，他們待在旅館裡，然後，坐末班電車回到東京。

第二天，冬天忽然想得了勢般地發威。那晚一直吹著強勁的北風，第二天早上變得非常寒冷。

節子終於想通了，得找個和誰都無關，同時又可信賴的人，坦白自己的事情，即使不能說解決，也至少能得到有點方向的建議吧。看來與志子是勝任不了的。節子現在需要的，不是懂世故人們的忠告，而是嚴肅無比的告誡。她不需要什麼人來傳授戀愛技巧，她需要某種更強勁的、能推動節子本身存在的思想。她覺得，如果再找不到求助的機會，自己的心將會解體，甚至會一舉走向破滅。

她想起一位處世認真的朋友，這朋友苦惱很多，經常去找一個老年人傾倒苦惱，節子想起了那老人的名字。是一位叫松木的老人，一個人編撰著人所不知的著述，很早以前就隱居在東京郊外，帶著個老傭人過著神仙般的生活。誰也不會想到，他年輕時，曾隻身闖蕩歐美十多年，看透了各國背地裡的交易。那時松木熱衷於政治，但最終他放棄了。他了解過世界各國的女人，最終又放棄了。他還接觸過文學、美術、音樂，但最終他驚訝地發現藝術那普遍的虛偽性質，於是，他放棄了。最近連著述也疏遠了，靠著不知不覺攢下來的財產，過著簡樸的生活。

他精通行為背後的各種意義！他曾經上過南海的海盜船，參與過走私、偷運，還參加過危險地區的探險活動。他越過獄，死裡逃生不下一次、兩次。然而，現在的松木連最偉大的行為都不屑一顧。

節子請朋友寫好介紹信，與松木訂好了去拜訪的日子。那是個陽光微弱的寒冷午后，她拿了些禮物，隻身前往。她在一個小站下了車，經過了一小片種滿蔥的田野；不久又登上一個平緩的小坡。一片紅松林出現了，樹皮讓太陽光照得斑駁陸離。從林中穿出，就看見一道老舊的圍籬，那就是松木的家。從車站走，將近一里左右。在這樣遠離塵世的地方坦白自己的心事，看來是再好不過的了。想到這些，節子的疲勞剎時一掃而空。

松木躺在床上。節子逕直走到他的枕邊，老人撐著坐起來。節子吃驚的是：這位有過波瀾壯闊人生的人，竟會是瘦削的小個子。節子忙不迭地抱歉，實在不知道老人臥病在床。而老人卻回答說，沒叫醫生來看，不算什麼大病。「我是不找醫生的。」那遒勁、精悍、年輕有力的聲音深深打動了節子。她流暢地向老人述說。老人說：「可真難為妳了呀……像妳這樣無憂無慮過日子的人，如今變得這般苦惱，可真難為妳了。

「這個叫土屋的人，現在恐怕並不愛妳，而這個世界上最強大的人，正是那些不會陷入愛的人，對這樣的人是無力可施的，而且妳確實從那男人那兒接受了愛的印記。那個人已經在妳那兒發揮了自己的力量，他只對試試自己給妳怎樣的影響而感興趣。如果你認為那些肉體行為都是虛假的，那就再簡單不過了；但虛假一旦變成某種習慣，那麼真的、假的也就無所謂了。能夠凌駕於精神之上的只有這稱為習慣的怪物。妳和那男人都是這個怪物的餌食。話雖如此，在人的一生裡，這不該是讓人羞恥的事。妳未必是失敗者，那男人也未必是勝利者。

「拋開愛來想想問題吧。我來教妳習慣的治療法。

「啊，倉越太太，人類的慾望可是最吝嗇的東西呀。妳實在該從慾望治療起。我年輕時候，一開始就是從慾望治療的，以後，便只是逃離習慣生活著。人們在某項偉業之中也和我一樣，誰都知道被逃避之影籠罩著，厭煩透了。逃向事業，逃向政治，逃向光榮，以此來支撐著歷史。

「是呀，我該教給妳習慣的治療法。這可是個複雜的問題。為了生存，至少吃東西的習慣不能丟掉，這可是個複雜的問題。所以我覺得，人們這時才想起了道德。

「放蕩不羈的人說出道德什麼的讓妳嗤笑了吧。但我說的道德和別人說的道德不一樣。這是人們哪兒也逃避不了的、自己製作的門檻，恐怕是連習慣都無法逃避。

「別以為只有這樣喔，倉越太太。就像勸病人與病魔生活在一起那樣荒唐，我可不會勸妳與習慣和好並與它廝守一輩子的。道德不承認『從習慣中逃避』，同時，也不承認『逃避到習慣中』去。所謂道德是一種力量，它斷絕人與自然的這種惡性循環，把所有一切、所有瞬間都當成絕不反覆，只有一次的存在。原本這門檻是次要的。然而，人性太軟弱了，為了把這種力作為自己的東西，無論如何都需要門檻，我則將這門檻叫做道德。

「將習慣的各種瞬間當作只有一次的東西吧……啊，倉越太太，不是我故意向妳出難題。只是這個世界會永遠持續下去，今天之後有明天，明天之後還有後天，日復一日；晴天之後雨來了，下雨之後有太陽，完全從自然物理法則背離是很重要的。反之，讓自然法則弄得眼花撩亂，那就會忘記人作為人本身這一事實。於是，人成了習慣的奴隸、或是逃避的王者。自然不斷在循環重複。當作只有一回，是人唯一的特權。妳不這麼想嗎？倉越夫人。

「我的道德並沒有勸妳回到家庭。妳照我說的去做，那麼，妳便能從那個叫土屋的人身上，發現積極的快樂，快樂可真是了不得的東西。妳應該去盡情呼吸、體會。妳說過妳知道這種快樂的吧，可是，某種害怕明天的快樂，是虛假的快樂，不是挺羞恥的嗎？

「如果妳積極地找到了快樂，那麼接著，妳就是有了放棄它或繼續保持它的自由。從習慣逃避，只能是陰森的、讓人感到自卑的想法；拋棄快樂的那種意志，則是裝飾人的榮譽，能讓人的自尊十分順當地接受。妳說是嗎？倉越太太。

「所以，我勸妳，讓道德——如果用這詞不要緊的話——不放鬆地追逼自己，然後，盡可能利用由此產生的力量。我想說的就是這些。」

說完，松木將頭靠在枕上，不久就睡去了。節子坐在枕邊，一直沉思到傍晚。她望著松木那張清瘦的臉，想：「這個人教給我教的，還是男人的思想。我現在需要的是女人的思想。」

第十七章

從那時起，節子衝動的動作與心情浮躁的激烈態度，常常令土屋也有些害怕，連節子自己都很清楚。不過這位聰明的青年沒有做出任何反應，只是默默老實地忍受著。他受過良好的教育，不致於對女人動粗，他什麼都忍受著，盡著他的本分。另一方面，他用眼睛、沉默的表情、慵懶的體態，對女人故作姿態，這大概是過去和哪個年紀稍長的女人談戀愛時學來的把戲。

節子也不是不知道這些。可是就是知道，橫躺在床上那個男人的肉體，才突然揪心似地給她種種性感的魅力。也許是因為枕邊燈光幽暗，半隱在陰影中的那胸、那腰，無論如何也難以感到他的存在。

「夠了，你急了吧，我可以放你走了。」

節子說著，冷不防狠狠地揪了一把土屋的腋毛，那像深夜水邊芹菜般透出幽暗甜味的腋毛，他痛得跳起來，連節子說「想帶回去」的話都沒聽見。

這能成為讓土屋討厭的原因吧，可惜沒成功。節子完全是衝動直率行事的，而土屋邊感到困擾、邊覺得欣喜，女人的新態度讓他暗暗感到欣喜。他讓已沒有熱情的女人如此對待而感到欣喜，讓自己不愛的女人做出了極性感、充滿粗魯氣氛的動作……他恐怕在那兒發現了一種抽象的全新快樂。

松木的遠大教訓弄得節子心神不寧，但那孤獨老人的風格卻深烙在她的心裡。

「男人竟能忍受如此的孤獨。女人的孤獨是不一樣的。不管怎樣孤獨的老女人，都會比普通人更俗氣、更充滿慾望。女人不管如何孤獨，都不能住在別的世界裡。因為不可能抹滅作為女人的存在。而男人則不同，男人可以飛往更高的精神境界，連存在本身也無所謂了！」

於是，節子的思考又回到原點，她想找個世故、善解人意的老婦人，聆聽些極其世俗的教訓。即使那些教訓與現在節子的心境相去甚遠，她也覺得：遙遠的事情，反而能安慰自己的心。

她找到了一名出身於明治時期花柳界的人，這位老婦人是個政界大老的未亡人。藉由朋友的介紹，節子隱藏身分去見了那位老太太，老太太始終帶著微笑。

「妳的故事並不稀奇，有一位當今大人物的太太姓名我就不說了。她經常來我這兒討教。幸好她聽了我的話，現在有了比以前、比誰都好的幸福家庭。

「我的想法呢，女人都應該有這麼一次經驗。為什麼？因為丈夫和情人畢竟不是一樣的，一生只知道自己丈夫，那對於男人的知識，不免也太貧乏了。不管丈夫怎樣的放縱、怎樣冷淡，說到底，畢竟與情人的放縱、冷淡不一樣。

「太太，常有這樣的事：最容易讓女人迷戀的男人，是自己最難對付的男人。不僅是妳如此，誰都是這樣的。因為這樣我們便清楚地知道了自己的缺點，看到了自己作為人的不足地方。女人自己成不了女人的鏡子，男人才是女人的鏡子。而且就是那些薄情的男人呀。

「但是太太，屈服於感情，結果會成為女人最後的武器，成為人們難以對付的武器。所以，用不著違背感情，用不著特地去樹立什麼理論。經不起感情誘惑，沉溺於感情，最終會產生一死了之的念頭，這時，女人本能的智慧才會出現。妳想想，失火或地震時，男人是多麼不鎮靜，而女人卻可靠而冷靜，這一點大家都很清楚。

「我想說的只是，直到最後，妳都必須把世人拉過來站在你這邊。大家常說：一旦出了什麼事，世人總是庇護男人，即使知道不公平，卻也總是責怪女人。話雖如此，但我不這麼看。其實女人最容易將世人作為靠山。偶爾也有女人，盡忠於男人不惜與世人為敵，到頭來吃虧的還是女人。這種女人只能叫她『傻女人』，世人的確難以寬恕婚外戀之類的事，但這也可以看作世人始終對不道德的事情抱著過度的興趣。這種事一旦公開，世人就會困惑，感覺自己的臉皮被剝掉了。

「關於戀愛，男人真是無話可說的囉嗦，因此世人反而不相信男人的坦白。最可怕的倒是女人們的竊竊私語，況且女人還最不體諒女人的苦惱。不管妳如何認真地苦惱，也只會被當成笑柄。太太，女人一邊同情戀愛中失敗的女人，一邊又熱衷於散布這些失敗者的笑話；對那些情場得意的女人，則以『不道德的女人』來形容。也就是說，勝利者只是沾些抽象的不名譽說法就沒事了；而具體、詳盡的不名譽則不幸地落在失敗者的頭上了。所以，最危險的是那些把妳看作情場失敗者的流言。記住，就是和情人分手時，也得千萬別造成讓男人拋棄的局面。這樣的話，自己丈夫蒙受的傷害就會輕一些，結束後，才有機會成為幸福生活的開端呀。

「要讓世人做妳的靠山，但是太太，妳要注意，千萬別去尋求世人同情的眼淚。至於和世人周旋，女人該比男人拿手得多。妳看看男人是怎麼做的，先是拚命想說服世人，一看行不通，趕快下跪求饒，尋求同情。多麼笨拙的做法呀。

「太太，請妳不要隱瞞苦惱、忍受苦惱，應該平靜地保守祕密。祕密這玩意兒是令人愉快的東西。將苦惱、喜悅全塗上同樣的顏色就好了。對女人來說，洩漏國家機密也不在乎，但對自己的祕密卻得守口如瓶呀，這可不是什麼難事啊。

「還有，太太，絕不要小看妳的情人。迷戀過頭，當然很痛苦，但想藉由輕蔑對方來掙脫戀愛，實在是拙劣的低級作法。萬分之一成功的希望都沒有。妳去看重他、尊敬他，不管他做什麼卑劣舉動，仍然尊敬他。這樣的話，對方在妳眼裡就會忽然變成庸俗無聊的傢伙。然後妳就能從他那裡脫身了……」

這真是愉快的理論呀。誰知這教訓給節子帶來相反的效果：她覺得這一切不過只有在未戀愛時才可能做到的事。想著想著，在節子心中，多了一種類似病人特權意識的東西。就像病人現在更需要聽養生祕訣似的，她以高傲的姿態聽著這些話。

如果只是盲目的話，倒還容易得救。真正危險的是當我們開始意識到自己是盲目的，而且把它當成盾牌來抵擋。最近，節子的一切想法都是以盲目為前提轉動的。自己正在戀愛中，因此是盲目的……結果她覺得，無論對什麼東西她都有閉上眼睛的權利。

那已經是確確實實的事了。即使讓道路上的一塊石頭絆倒，她也不會覺得自己不好，罪過只在於戀愛。

冬天到了。她翻出收藏已久的冬衣。拿出毛皮大衣，拿出手套，外套也拿出來了。摸著毛皮大衣的毛，她想起站在火邊的駝毛料子的氣味，覺得懷念。

穿上去年做的衣服一看，也許是心理作用吧，她覺得衣服大了點，腰部也寬鬆得多。節子還沒怎麼在意，但為了追求今年冬天的時髦，她決定去裁縫店做幾件新衣服。裁縫師替她量尺寸時說：「太太，您瘦很多，腰圍的尺寸比以前小多了。」

這話要是說給怕胖的太太聽，也許會讓聽話的一方感到高興，但節子的腰本來就細，原本就是「理想的尺寸」，現在她聽到「又細了」的話，實在無言以對。

在回家路上，節子繼續想著剛才聽到的「又瘦了」的話。從那天起，她甚至害怕上浴室的體重計。她看到不時讓自己痛苦的地方，又覺得自己天生不太健康的心臟更虛弱了。她不願意去醫生那裡說「我瘦了，我瘦了」。她覺得反覆對自己說，反而更痛快；說不定，她內心正希望著自己逐漸消瘦、衰弱下去呢……光有精神上的重負似乎還嫌不夠，還得搭上肉體，自己毫無保留地付出了肉體代價後，才讓她沾沾自喜。

穿上最近新做好的晚禮服，節子與土屋在河邊的一家餐廳吃飯。土屋的心情似乎很好。也許他有一種孩子般的愛好：將穿著豪華衣服的女人帶進臥室。以自己的手慢慢地，親手替她脫去衣服。

一天，忽然飯田打來電話：問能不能馬上去府上，節子答應了，他立刻就到了。在門廳裡，一看到他那黑青的臉色，節子就有一種不祥的預感。他說有要緊話要說，逕直進了客廳，在角落的椅子上縮著身坐下了。

並不是什麼能引人入勝的話。他說與志子完全冷下來了，不管用什麼手段，她都不肯見面，甚至還給他送來分手的信。他想請節子幫忙，讓他和與志子見上一面。

節子沒作聲，這種事教她怎麼說呢。自己的事已經夠教人心煩的了，哪還有閒功夫去同情別人。

的確，節子在看著「他人的熱情」。多醜陋啊，只有滑稽，哪能談得上什麼同情。與其讓人助他一臂之力，還不如順水推舟，將他推入更無希望的境地裡去。說是這樣說，但節子還是從那兒看到了反射出自己熱情的鏡子。那歪曲的鏡面裡映出了醜陋的形象，讓節子感到不高興。

「可是如果與志子已經不願意了，我想我多嘴也沒用吧。作為朋友，說得太多的話……我說乾脆點兒吧，給與志子帶來麻煩的事，我是不想做的。」

「不是要妳去多嘴，」那傢伙執拗地說，「只是請妳想辦法將她帶出來，讓我見她就可以了，以後的事，就是我和與志子的事了，絕不再麻煩妳。」

「不行，這樣做會讓與志子疏遠我的。」

「妳這麼愛惜自己嗎？」

「嗯，我愛惜自己，也十分珍視友情。」

「是嗎？那妳就多珍惜妳自己得了。假如妳不答應，我會將妳和土屋先生的事全部說給妳先生聽的。」

節子忽然變了臉，她竭力掩飾不讓對方看到自己的手抖得厲害。這個希望自己身體消瘦、衰弱下去的女人，忽然抖出了令人害怕的勇氣：

「你想怎麼說都請便，我丈夫不在意那種事。怎麼樣，你沒勇氣吧，我跟你們毫無關係，卻來威脅我。照理說，按先後順序，也應該是你和志子的丈夫直接談判吧？」

節子被自己的勇氣嚇到了，連她自己都搞不清楚哪來的這股力量。如果是過去的她，肯定會害怕地大哭。

但比起強硬的語氣、反擊的話語，倒是節子那副堅如磐石的表情，更讓飯田恐怖，儘管她的手指顫抖不已。節子在陶醉、不安交替的生活中，此時已不在乎自己了。一剎那，她甚至讓對方看到了死人般的表情。她體內突然失落了情感，什麼也不想，說出了自己也意想不到的話。

飯田啞然失色，匆匆走了。節子興奮地上了街。

屋敷町外的車站前，在市中心德國人的店開了分店。打了一個「Have a German Rye Bread Sandwich & Beer」的廣告。生著火爐的溫暖店內，放著幾盆橡膠樹、蘭花。咖啡的香味四溢。除了一個女傭模樣的人帶了隻大狗來買麵包外，店裡什麼人也沒有。

節子在吧台邊坐下。試著把自己想像成了疲倦的俘虜。啊！真的不行了。身體軟軟的，發著熱，她不想讓比平時敏銳的思絮疲倦下來。

節子一個人喝著咖啡。那白色的茶碗，給人一種厚重的鈍感。一碰到嘴唇，頓時感到陣陣安心。但現在節子所希望的不是安穩的心境。「這種時候，男人一定會去喝酒的吧？」她想著，「男人軟弱，所以逃避……松木先生對我說過，絕不要逃避呀。」

也許是咖啡的作用，她越來越清晰地看到四周的東西：窗外懸鈴木的枯樹、舊派出所、傍晚出來散步的幾隻狗……節子納悶：為什麼有如此看清楚世界的必要呢？自己剛剛擺脫了可怕的場面——因自己不貞而造成的威脅場面。走到這一步，才知世界以如此簡單明瞭的形式存在著。她簡直無法相信自己也在這個世界裡待過。

第十八章

節子一天過一天，不知不覺間冬天漸遠了。飯田的威脅也是虎頭蛇尾地消聲匿跡了。這個純情男子，為了當個根性十足的情種，完全將利害得失置之度外。

節子懂了，所謂破局就是懸崖勒馬，沉入一個事件中時，只要平靜地等待另一個事件出現就好了。

見到與志子時，節子沒提起飯田來訪的事，與志子也隻字不提自己與飯田的事。她一臉風波已過的舒暢表情。看到那張平安的臉，節子又嫉妒起來。她想，早知那時就照飯田的話去做，讓他去和與志子碰面。

早晨開始下起了小雪，下午卻是大晴天，像春天般溫暖。突然一陣風吹來，又變得涼颼颼。三月上旬的天氣就是如此，忽冷忽熱。和土屋的約會還是像機械般維持著，節子成了土屋的情婦。

每次約會分手時，節子老像睡前祈禱一樣想著，不要再碰面了吧。這已成了節子的習慣。「今日想好今日就做」，但節子沒辦法。她所想的「分手」是個十分重大的決心，似乎一年前就已經開始，一直持續到現在，還沒到實行的地步。這想法像滾雪球般越滾越大……甚至誇張到自己力有未逮的地步……說穿了，這只是節子虛度光陰而給自己找的藉口。也許那件事只是將手邊的火柴盒拿到另一頭的小事而已，甚至只是動動小指便可了結的事。

——可是，想起來讓人害怕。「只要動動小指」便可收拾那樣重大的事件，這想法本身就令人害怕；而這又意味著本來就不是什麼大不了的事，這樣的想法就更令人恐懼了！

春天給人的感覺只有不安。聽著初春的狂風夾帶沙礫敲打窗戶的聲音，節子充滿不安。難道說這是死前的徵兆嗎？院子裡，枯草坪一角的草開始發芽，連那芽都讓人看了不舒服。天空滿布奇形怪狀的雲。深夜，她嘗夠了冷雨敲窗的滋味。姍姍來遲的春天，讓人覺得像是未曾遇過的新季節，節子感到嫌惡不已，不考慮她的意志就擅自來了，管它是春天，還是別的什麼呀，簡直是節子的敵人。

去年夏天，節子心情舒暢地與自然融和了。那海、空中的雲、風，一切都自由地進入到節子的體內，她自由地呼吸，與她的肉慾融為一體了。現在這些東西都成了她的敵人。春天的自然變貌都令節子反感。

一天早晨，突然一陣噁心襲來。趁丈夫還沒注意，她趕快跑去廁所嘔吐了。她往蒼白的臉上刷上厚厚的腮紅蒙混過去。食慾恢復後，好不容易吃進去的食物，不一會兒又全吐了。

這絕不是無法預料的事。自己的肉體這樣殘酷冷漠的反覆，她讓這無可比擬的直率驚呆了，節子一向憎惡人工，忠實於自然法則，她懷疑自己究竟正不正確。送走了丈夫，她冷靜下來，下了決心。結果這樣是對的。光靠情感的驅使，是怎麼也成不了事的。而肉體以自然、用誰都都能看出的冷酷舉動，也許能乾脆利落地收拾殘局。心靈傾訴一切都毫無效果，自然突然以易想不到的強硬口吻說話，節子就不能不聽從了。

節子緊張起來，她必須將這衰竭承受到最後一刻。以前的妊娠反應從沒有輕過，但這回的反應似乎格外嚴重，持續不斷的不舒服，簡直是白茫茫的地獄。與生理上的不舒服一樣，心理的煩惱也沒有藏身之處。

而且，讓她為難的還不僅僅是不舒服；她還必須千方百計地掩飾這種不舒服。找個藉口，拒絕自己的交際當然很容易，但一天晚上，與丈夫工作有往來的一位外國人，舉辦生日宴會，夫婦倆只得一道去，在那裡節子碰到了大麻煩。她聲稱胃不舒服，所以也沒人硬是勸她吃東西。宴會又是冷盤形式的，不想吃的不吃就沒事了。節子起先覺得今晚能對付過去。

吃完飯，大家圍著火爐喝香檳。還是春寒之夜，暖爐架上點著一對鮮紅的大蠟燭。

這晚，節子似乎沒有平時那麼想吐，也不像前兩天那樣不想吃東西。用完餐，她回到客廳，深深坐在椅子裡。一位外國人前來搭話，猛抬頭她望到了暖爐架上那一對鮮紅的蠟燭，一陣眼花目眩，噁心襲來，嘴裡湧出許多酸物。要是在平常，什麼事也沒有；可但這會兒，看一眼就覺得噁心。那蠟燭遲鈍的光澤、鮮豔的紅光……像是要逼她用牙去啃那蠟燭，用舌頭去嘗那蠟的味道似的。

節子趕忙掏出手絹捣住嘴，跑進洗手間，一陣大吐。

吐完後，胸口還是悶悶的。她實在害怕再回到那間放著蠟燭的房間裡去。屋裡傳出說話聲和音樂聲，十幾個男女在屋裡；但節子只記得那紅紅的蠟燭。她覺得似乎只有她一個人非得回到那紅蠟燭昂然挺立的房間去。

應該叫丈夫嗎？節子悄悄推開門。她看到丈夫正和其他人說話，她只能看到他寬寬的背影。從這裡叫他，他應該聽不見。反正這也不是非得丈夫幫忙的事，於是她鼓足勇氣走進房間。

她盡可能站到離暖爐架稍遠的地方，不往那邊看。她竭力做出明朗的微笑。她身上穿的晚禮服，正是那天和土屋一起吃飯的那一套。

她盡可能不朝蠟燭那邊望。說是不看，但還是看見了。搖晃的火焰、淡紅的蠟淚，又惹得她噁心起來。第二次嘔吐後，節子簡直要倒在洗手間裡了。

節子在走廊裡叫住女傭，麻煩她去叫出丈夫。

慌慌張張地告辭，主人說著多加小心的話……在回家的車上噁心感竟神奇地消失了。丈夫那麼熱心照料，又是一副為宴會沒能待到最後的沮喪神情，弄得節子還得繼續裝下去。

「妳的身體到底怎麼了？」丈夫終於開口了。節子沒跟他說嘔吐的事，只說是胃有點痛。

「我給妳按住胃吧？」

「不用了，幫我按住，反而讓我……我想，大概、不是胃不好，而是神經性的毛病吧。」

丈夫嘮叨著叫個醫生來看看，節子生怕隨便找來的醫生會探出真情，於是她說，明天一定去找那個按摩師來做按摩。丈夫竭力克制著，不讓節子覺察出自己沮喪的神情。但節子不是沒有看出來，丈夫不斷誇張著這種擔心。節子覺得這貌似可愛的虛榮心，離自己太遙遠了，像是在與己無關的地方活動著似的。對丈夫的這種心理甚至不抱任何好惡的判斷，連節子也感到吃驚。

於是丈夫也不想多說了。

「那明天請按摩師來吧，妳可是一點也不相信現代醫學呀。」

第二天一大早，丈夫出門不久，按摩師就來了。節子沒把什麼症狀告訴她，只是說請他幫忙放鬆一下疲勞的感覺。

鑲嵌著一雙黑眼睛、面無表情、骨瘦如柴的傢伙，讓手指不斷運出近乎無禮程度的強大壓力，同時，詢問的話也是十分殷勤。他半天沒作聲，節子感到自己一時什麼也沒想。被揉搓的肉、被按壓得凹下去的肉……只要這些是自己的就足夠了。

忽然按摩師殷勤地問：

「恕我冒昧，太太該沒有懷孕吧？」

節子的身子僵住了。胸部的鼓動也快起來，話裡帶著想不到的怨氣：

「沒有，別亂說呀，哪會有這樣的事。」

「這可是太失禮了。是我推算有誤吧。長年累月，我只是靠感覺講話，有時難免會毫無道理地出錯……這真是太失禮了。」

——節子一整天都盤算著快去墮胎。

隔了一週，節子幾乎吃不下東西，衰弱已在全身表現出來，稍微爬幾級樓梯就氣喘吁吁。

女醫生替她檢查了身體，節子的虛弱讓她十分驚訝，說是做麻醉會讓心臟負擔過重，有危險，只有不上麻醉做手術。她問節子這樣行不行，節子回答說可以。

「怎麼也無法忍受的話，別顧慮大聲叫出來吧。這樣的話，可以給妳一點吸入麻藥。吸入麻藥對心臟無危險。」女醫生說。

節子知道等待自己的地獄就在此地。她躺下，手腳被固定住。手術還沒開始，她手心裡已是汗涔涔了。

「要死了吧。」節子想，「在骯髒的名聲中，在不名譽的名聲中，我要死去了。醫院登記簿上，寫的是朋友家的地址和假名字。那朋友得到通知會來看我的屍骨。然後，丈夫會來認我的屍體。就是這種時候，他也不會怪罪我吧。菊夫會哭吧，他會原諒我嗎……」

節子似乎沒去想土屋。但腦中浮出最鮮明的還是那張臉。臨死前，最想的還是讓土屋握住自己的手。然而，與其讓節子想像土屋為她哭泣，還不如想像土屋知道節子的死，還吹著口哨在春天的原野上散步。這樣想像來得更愉快。就像某種花色的領帶跟他絕不相配一樣，這青年與苦惱是無緣的。

真能死的話倒也乾淨，一切屈辱都將化為灰燼。我將自己的屍體托付給春天的大地。野火燒盡後的黑灰中，摻進我的骨灰。大雨將枯草的灰與我的灰混合吧，大自然願意接受我嗎……節子如此只想著死的事，刮宮做完後，一切都恢復原樣，健康恢復了，那麼今後的事呢，當時的節子是無論如何也無法考慮的。

「幫妳消毒了。」

傳來了女醫生鎮靜的聲音。後來才知道，女醫生說這話來哄病人抹去病人痛苦的感覺。

清晰的苦痛感，對靈魂該有什麼益處。無論怎樣的想法，怎樣的感覺，都無法達到痛楚所達到的明晰程度。好歹讓人直視世界。

後來想想，節子將忍耐這份痛楚的力量，一點點培養出來。從這份痛楚，或者說，從忍耐疼痛中獲得的力量，讓節子肅清了自己久久煩躁的平庸性格，而成了非凡的女子，被令人害怕的疼痛折磨著，節子竟一聲沒吭。女醫生也沒有使用準備好的吸入麻藥。

「那麼，進行第二次消毒了。」

極端的疼痛，讓人感覺極度苦味，像是嘗到甜味一般，她在失去感覺分寸的狀態下，聽著醫生溫柔的話。儘管如此，她並未想到這就是死。苦痛與忍耐苦痛的自己之間的關係，像是有某種閃光般的充實，她不會再繼續虛脫下去。只要有節子在，就會有痛苦；只要有痛苦，世界才會充實。埋葬孩子的事完全沒浮上她的心頭，節子甚至連土屋名字都沒叫出來。

——那一晚，節子沒做任何夢地熟睡。她覺得第二天早晨的天空比平時要藍。第二天晚上她做了奇怪的夢，夢到自己被一頭牛追著，在桌子之間逃來逃去。更可怕的是第三天晚上的夢，夢裡終於出現了胎兒。殉教者的墓被掘開，拿出個血肉模糊的胎兒。

節子由苦痛而獲得的力量，並未從現在衰弱的身體上消失。不僅如此，她感到越來越聚集了力量的自信，只有這種力量才能讓人悟出促使人分手的決心。代替一天百遍叫土屋的名字的是「分手」兩個字。也許這是一種無法再忍受酷刑的生命自衛本能吧。逃出死亡的人最害怕的是死。

但那份疼痛，那份苦楚，反而成為依戀的種子。一想到最終的苦痛是由土屋引起的，現在與土屋分手的事，就成為祕密、幽暗、甜蜜記憶中最鮮明的部分。那份誇張的痛苦記憶也讓她覺得除了分手沒別的路。

節子沒有注意到自己正在巧妙地偷天換日，她已將與土屋難以分手的快樂絆索偷換成最莊嚴、最鞏固的苦痛絆索。

突然，朋友打來電話，送來了松木的訃文。這個人早已遠離紅塵是非，他的死，沒有一家報紙刊載此事。

聽到這消息，容易傷感的節子哭了。她偶然知道松木的死正巧是她手術的那天。她暗暗驚喜，她覺得那個孤獨的老人是代替自己去死的。沒有比這想像更有力地迫使節子下定了分手的決心。一天報紙上登了條消息：一個顯赫人物，因家庭內部的醜聞被曝光而自殺了。這事件成了輿論批判他膽小的材料；但同時，也有稱揚他此舉為現代少有的道德行為的聲音。這個人是清廉正直的人，他嚴以律己，發現這樣的矛盾很可能是無法忍受了。而且他的地位也是不允許他有一絲瑕疵，他是世人的表率。

正好前一天節子的父親找她隔天一起吃午餐。這一天，在只有父女兩人的午餐桌上，早上的報導自然成了雙方的話題。

父親藤井景安已經六十五歲了，是個滿頭白髮、氣宇軒昂的大家長。他氣質好，穩重，受到社會上人們普遍地敬仰。不管用什麼顯微鏡去放大，他的一生都是無可挑惕的：政治上無變節行為，私生活方面也沒有任何不道德的事。最後，他雖然做的是與以前不同的工作，但是他特別讓人敬仰的不僅因為人品無懈可擊，還因他取得了國家正義代表的地位。

但景安絕不是個待人嚴格的人。他待人寬厚，他人的罪過連累了他，他會認為是自己的不道德所致，還清高地退出政界。

節子特別受父親喜歡。但父親又不是個偏心的人。在幾個女兒中，節子和父親最親。從父親的眼裡看來，節子是最無倚靠、最需要他給予不斷保護的女兒。

繁忙的工作空間，景安有時會故意留出午餐的時間，從各家一個個招回女兒，共進午餐。這是他生活中的一大樂趣。他一個一個叫的目的，是因為各家都有各家的事，不想讓其他姊妹知道。其實景安從不主動打聽女兒家的私事。女兒中有人嫁給了個貧窮好學的學者，給女兒的午餐禮物就是不動聲色地多給些零用錢。

這天，節子被叫去的地方是個舊財閥的宅邸，現在是「會員制」的俱樂部，一個幽靜的場所。寬大的宅邸內有幾個小館。小館內各有兩三個洋式房間小廳。在這裡，兩人可以悠閒自在地進餐。

每個小館都帶有個相當大的院子。草坪一角的茶花樹盛開著。美麗的櫻花古樹才剛有花苞。樹木林立的深處有幾間小屋，讓人想起東京大火後倖存的古風集鎮。父親還沒來。節子在古風沉穩的長椅上坐下。暖爐裡沒有生火，稍稍感到有些寂寞。這裡很難讓人想像它處在車水馬龍的東京市中心，完全聽不見車流的喧囂。

陽光照射在美麗的枯草坪上，節子深深體味到剎那間的寧靜。節子穿了件父親喜歡的黑色晚禮服，她把漂亮的腿伸進暖爐。這腿的美完全沒被破壞。

在這少有的寧靜裡，今天她的身上沒有摻雜任何一點疲勞與疲倦的病態感，在今天的寧靜裡，節子的身上似乎有什麼生氣蓬勃的東西。

不久，父親來了；他一眼就看到節子那張神清氣爽的臉。「妳看起來氣色不錯。」他對僅在一週前剛拿掉情人的胎兒的女兒說，「可是妳好像又瘦了點吧。」

父女倆說了些無關緊要的話。應該說唯一的缺點是對話中毫無幽默和機鋒。節子是習慣這種語氣的，同時還讓她回憶起娘家祥和的家庭氣氛。節子立刻明白了：這一年被摻和進不道德的愛情漩渦之中，我讓機智弄得筋疲力盡。高明的機智，節子天生就不適應。

侍者來告知餐點準備就緒。兩人來到面朝庭院的房間裡，落了座，把上了漿的餐巾鋪在膝蓋上，等著前菜。這時，他們談起了早報的話題。

「雖然我跟他沒有私交，但我認識他的呀。」景安說，「他是個出色的人，好得沒話說。發生了這樣的不幸，真讓人無話可說。」

「但非得自殺不可嗎？」

「這個人的性格如此，誰也攔不住。」

前菜端來了，兩人開始用餐。節子驚喜地發現自己的食慾竟一點都沒變。「啊，人生，即使失去最重要的意義，也能夠掙扎著活下去的。」

這時，節子感到了自殺者話題引出的強烈衝擊：剛剛形成的安穩心境又給弄亂了。忽然她覺得那條新聞轉到了他們父女倆當中來了。她第一次看到自己的戀愛與父親的職業良心之間，有一條線連接著。節子讓恐懼包圍著。

「假定，只是個假定喲。父親周圍也有人發生了這樣的事，父親您也會自殺嗎？」

「自殺是不會的。我覺得自殺是有罪的。我不會自殺。是呀，假定真有那事，我會在那一天提出辭職吧。不僅是我家裡人，哪怕是嫁出去的女兒們，誰有了這種荒唐事，從我做的工作立場出發，我會覺得很不光彩的。對我來說，不管是否被曝光，只要我知道那是事實就足夠了，我會在那一天提出辭呈的，然後打算從社會上隱退。幸好我周圍沒有這種事，和那死者比較起來，我可要幸福多了。節子，總之，現在我是幸福的。」

這是真心感謝的話。這些話在節子心裡引起各種各樣的感慨。她天生不是那種讓輿論追逐的女人。藤井家是平和、明朗、有道德的一族，他們從不越雷池一步，也不讓慾望來打擾；他們的心不讓寂寞所痛苦，也不在婚外戀上賭博。這些品質，應該都是節子所擁有的。

事實上，戀愛之前，節子沒有任何反抗這些品質的舉動。

在這天的午餐，節子下定決心要與土屋分手。

偽善又回到了她身上。她愛它，選擇了它。偽善之中也有合理的成分。只要皈依偽善，那麼，她會嚮往人們所說的美德；她會不記得心中曾有過渴望。但願美德能遏止住所有的乾渴……

第十九章

進入四月後，下起雪來。開了六分的櫻花樹枝上積滿了雪，真是奇妙的景觀。接著是兩、三天的大寒。

明天是與土屋久違的約會日子。這之前，節子打了好幾個電話給土屋。說，我們都不是孩子了，見面只是慰問的話，倒不如等身體完全恢復如初後再見面吧。土屋把節子這種果敢的說法，都當成節子又邁進了一步來看待。

明天就是這一天，該是宣告分手的這一天，該是節子結束快樂的一天，那給她帶來萬般苦惱的快樂。節子在心裡將最後的快樂好好美化了一番。

不用麻醉接受手術的經驗，讓她懂得了苦痛、死和快樂的鮮明是相似的，她熱衷於死之前的最後快樂，或是在行樂中快活死去的觀念。節子彷彿希望著明天再接受一次可怕的手術般。

節子期待著明天。她覺得從沒有這樣強烈地夢見過明天。明天，當土屋得知這一天是最後的機會，他會一股作氣地登上節子設計的熱情高峰，和她一起沉浸在相同感動的淚水之中吧。只有「這一天」才會永遠伴隨節子，成為永遠在她夢中的一天。

「……可是沒問題嗎？」節子變得有些不安，「我忽然說出分手，他會不會不想分手呢？到了這種時候他該不會纏住我吧，用戀戀不捨的眼淚（哦，那是我第一次看到他掉眼淚），求我改變主意吧。那時，我還有甩開他、決意和他分手的勇氣嗎？……唐突地宣布分手之前，該多給他些暗示才對呢。」

然而，節子連嘗試一下暗示的勇氣都沒有。

這天是陰天，很寒冷。節子希望今天一天都保持開朗的表情。因此，她把一直很在意的化妝也稍微濃了點。身上灑了常用的讓·巴杜的JOY香水。

——兩人心情開朗地吃了午餐，看了一部之前就選好的描述婚外情的電影。那是義大利風的大悲劇，沒想到節子還被感動得落了淚。但她自己的戲還算演得不壞，話說得很少，也沒讓土屋覺察出有什麼特別就完事了。土屋照例打開計程車的門，讓節子先坐進去，然後兩人一起去了家熟悉的旅館。

這一晚，旅館裡的好屋間都有人用了。他們只能進了一間狹窄的西式房間。房間的中央是一張顯眼的大床。透過窗帷，那旅館招牌霓虹燈的內側，一亮一閃，把屋子弄得忽明忽暗。

兩人默默地在窗邊狹窄的長椅上坐下。女侍把茶端來，就退出去了。土屋看著默不作聲的節子，不知是感到了些不安呢，還是別的什麼原因，原本做得很出色的，卻做得讓人感到像是例行公事似的。他一邊與節子接吻，一邊用手撫摸她的背，另一隻手從衣服外面去揉搓她的乳房。

節子被這種老套的態度刺傷了，但她無法拒絕他的嘴唇；乳房讓土屋的手指觸到，立刻就像觸電般，霎時傳到肉體深處，讓她無法拒絕這被引出的痛快感覺。這是幾週來應該忘卻的感覺，特別是那場劇痛之後，應該是老早就一掃而空的感覺。然而，一旦被喚醒，記憶就會直線地連接過去，以至一切都與往常一樣地撫平了。

霓虹燈的紅光照到節子的眼睛，讓她回過神來。這樣下去不行，好容易抓住的機會又要逃逸了……她艱難地推開土屋的手：

「在這之前，有些話要說，很重要的話……」

說到這裡，幸虧眼淚覆蓋了節子的臉頰。

節子撫摸著土屋的胸膛，哭著說起了長長的故事。自己如何痛苦、想了很久該分手了，但老下不了決心、自己怎樣感到兩人的戀愛毫無指望、明明知道走進死巷了，還在往裡鑽、被逼到這種位置的女人是多麼不幸。

「你沒差啊，你是自由的。沒什麼讓你為難的呀。」——節子嘟嘟囔囔地重複著。

她娓娓述說著：自己幾乎被逼到了死的邊緣，自己盡其所能搏鬥過了，結果只能得出這個結論：已經下定決心了，無論如何希望他同意……節子最後說：

「今天晚上就結束吧，讓今晚成為一個美好的回憶。」

土屋默默地聽著。節子一個人抽泣著，並沒在意這沉默的含義。她甚至沒在意土屋是絕不會哭的。節子像掏空身體一樣，把很久以前該說而沒說的話，全說出來，她心滿意足地抽泣著。

土屋把臉埋在她的頭髮裡，襯衫袖子裡伸出的手臂圈繞著節子的背，輕輕地撫摸著。節子不時感到：這催眠曲的愛撫，與感情激烈的故事很不相稱，幾次想拒絕，結果只能聽其所為。

「我知道了……我知道了……」

他用沙啞的聲音說著，聲音沉穩而充滿絕望。

他又說：「我知道了……我知道了……」

在聽那冗長的故事裡，他只說了這句話。當節子清楚地感到男人的體溫時，眼淚也漸漸收住了。她又說「今天晚上結束吧」。她相信土屋會像上一次那樣，將淚水浸泡的女人身體默默地搬到床上。

怎麼了，土屋竟沒有動。

他兩手打滑般地捧著節子淚光閃閃的臉頰。節子像個垂死的人，眼睛剛睜開，又趕快閉上了。

「算了吧，聽了這種話後……」他緩緩地用半傷感的語氣，溫和地就像曾經打動過與志子那樣，這青年對自己聲音的性感魅力很有自信。事到如今……

「算了吧，聽了這種話後……」他重複著，「……做不了那種事。男人無所謂，但為了妳……為了妳呀。怎麼說好呢。為了我們倆也是這樣比較好。好不容易下定決心了，再做這種事，又得回到過去那不倫不類的境地中去了。我可沒有把握分寸的自信呀。」

土屋用這幾句話來搪塞分手的既定事實，節子迷迷糊糊地聽著。等他說完，她趕緊同意，盡可能直率地點點頭。

「今晚好好說話，好嗎？什麼也不做，好好說話，心情會好一點吧。」

節子聽土屋說著。讓人看出他絕不使用「分手」一詞的微妙的心情。……然而，卻是他先默默地在這個詞上捺了手印。

什麼也不做，只是說說話，在這種屋子裡是多麼令人窒息呀。土屋用自己的手絹仔細為節子擦去眼淚。想擺出說話的架子，結果什麼話也說不出。兩人各自陷入沉思中，土屋一副懊悔不已的表情。

節子驚訝地發現：自己昨晚描繪出的熱情幻影，竟然一點影子也沒有；而且自己甚至不覺得灰心和失望。

現在有的，還不能算是解脫感；而只是一種完事之後，有理由找到的一些滿足感。節子想：原來「分手」也不過如此簡單。

她身邊坐著個免去做父親危險的乾淨青年。令人生氣的是他到現在仍然讓人看起來乾淨。然而，節子想不清楚，這張臉一旦從眼前消失，混入人群之中，究竟會怎麼樣呢？節子像個將要上路的旅行者，對身後的風景，拋下最後的一瞥。

土屋很殷勤，著實是無微不至的殷勤。今晚，他簡直像醫生那樣溫順。

可是，他的眼睛並未倦怠，緊盯著：不讓節子的心第二次離開已經跨出過一回的軌道。

綿密地、深深注意著……而且，總讓人看到竭力掩蓋著依戀的模樣。分手一事上，他誇張地表現出自己付出犧牲的巨大，還不忘裝出自己是被害者的樣子。由女人說出分手的話，他正好可以做出受害的樣子。他像是算計好了，讓節子一刻也別忘記說分手的是節子自己。他老是讓節子不斷清晰地想起：第一次告知戀情、第一次約去旅行，都是節子起的頭。現在的殷勤如出一徹。

節子覺得忽地戴上了一副眼鏡似的，眼前的一樁一件都看得如此清楚：這個青年是害怕節子說出「分手」後又反悔，才小心翼翼，像碰一個腫塊似地對待節子的吧。看起來他是盡可能不讓自己的一言半語成為節子的把柄才身心緊張。

她轉動了一下深思熟慮的瞳孔，土屋雙手正捧著個杯子，不讓杯裡的水晃出一滴似地走了過來，看起來像個孩子。他踮起腳尖，又輕輕放下腳跟……現在說這些話都過於悠然了。

相比之下，淚水已經乾涸的節子反倒從容起來。如果只是開開玩笑，假裝說分手的話，這傢伙該會有怎樣的表情呀。

走出旅館，土屋為了緩解節子的悲傷，說了許多安慰的話。他說，這種時候，最好找個第三者來排遣。他將節子帶去一家走熟的酒店，叫出老闆娘，一起去吃夜宵，土屋把今晚的事和盤托出。節子又掉眼淚了，老闆娘也陪著掉了幾滴淚，而且大罵土屋是「渾小子」。她勸節子說，與這種傢伙分手今後想起來一定會覺得有道理的。勸慰也罷，陪掉眼淚也罷，叫他「渾小子」也罷，雖然這一切都是俗氣的把戲，但節子還是覺得心裡輕鬆了不少。

「今天是『友引』日吧（註：日本曆注之一，遇此日不宜喪葬）。怎麼聽分手的故事已經是第三回了。N先生的女人跑店裡來大哭大鬧，往地上摔了三個杯子呢。那種女人不用兩、三天就會若無其事的。妳這樣可愛的人真可憐，但妳下了個了不起的決心，保持下去，會變得更厲害的。」

節子感覺自己像個被誇獎、被鼓勵的孩子。自己的悲傷讓別人做了類型化的處理，比什麼都讓人感到寬慰。

她忽然抬起眼，望著土屋和那謙恭的「旁證人」。那裡似乎有什麼新鮮的東西。他的眼睛、他的臉頰、他的唇擺脫了以前那種習慣與俗套，簡直成了完全不認識人的眼睛、臉頰和嘴唇。讓節子屢屢不高興的、千篇一律的態度也不見了。今天的他，只讓人看到了他那誠實的一面。

夜深了，土屋送節子回家，與節子坐上計程車。節子讓司機把車開到兩人常去的公園前，要土屋一起下車，打發車先走。

說是四月，但夜裡還是冷。銀杏樹已經發芽，白天，魁梧黑樹幹上伸出的細枝滿是嫩芽，強壯又單純的樹幹輪廓顯得模糊，可是一到晚上，那模糊一片消失了，剩下的只是和冬天一樣，黝黑、淒慘的骨架。

散步道上一片沉靜。

他們默默地並肩走著。像是對土屋的快步表示不滿似地，節子停住腳步。其實他現在走得快不快已與節子毫無關係了。她不想跟上去，於是，放慢了腳步。到底是土屋，立刻注意到了，也慢了下來。

節子疑心土屋早就注意到了，但幾小時裡，節子一直有一個疑惑在她心裡反覆著：

「我的痛苦也許只是我一個人的東西吧，一切都是我一個人弄出來的事吧……」

一想到分手在即，她終於忍不住了，將這疑問說出了口。可是表現淡化了，扭曲了，猛一聽，倒像是在說別的事，更像她輕輕地自言自語：

「嘿，你不覺得我們真的相愛過嗎？」

土屋的回答慢了一拍。他將風衣領豎起，兩手插進褲子口袋裡，低著頭，默默地踱步。終於，他開口了，那話真是他竭盡全力的誠實，節子也毫不含糊地承認那是土屋的心裡話：

「真的，我也愛妳。也許妳不信，但是我……也許越往後妳越不會相信。但是我……以我的風格，打算愛到允許我愛的最後一刻。」

——於是，兩人再沒有其他可做的事了，剩下的只是最後的吻別。他們躲進樹蔭，短短地接了個吻。走出公園，土屋叫住了一輛計程車，節子沒讓土屋上車，自己一個人坐上去……車，飛快地開走了。

第二十章

一天又一天，節子等待著。一切似乎都治癒了，新的眼界打開了。

節子等待著。這種等待和那些有目標的等待不一樣，等待本身並不令人痛苦，但讓它持續的力量卻消失了。力量消失了，但又不等於說，不等待就能過去的。等待的酷刑是免不了的。也許可以說，那酷刑現在只靠無力感支撐著。節子已無法感覺出自己體內還有什麼力量存在。身子周圍飄飄忽忽，宛如處在雲霧之中似地，她想把手撐在牆上，卻抓了個空，彷彿要倒下去似的。節子現在正處於這樣的狀況中。

——和土屋分手的第二天早上，她和丈夫坐在早餐桌前，她看起來精神奕奕。

「終於在這個人什麼也不知道的情況下，把一切都收拾完了。已經不會再有威脅這個人存在的事了。」……她自己曾擔心過回到丈夫懷抱時的窘迫，現在看來是多麼滑稽呀。她從未感到丈夫像今天早上這樣，看起來是個無害而稀薄的存在。

「昨天妳回來很晚吧。我先睡了。」

「我最重要的一刻，這傢伙老是先睡了。」節子充滿感激地想著，「今後該輪到我睡了，但我怎麼也睡不著呀！」

苦惱之類的話已經沒必要再去相信了。昨天之前，這些話在她以前的生活中是多麼必須的語言呀。今天，再也不需要了。再往前，該把它們扔進字紙簍去了，也得整理那些該整理的東西了。想到這裡，節子茫然了，該把這種心的空虛取個什麼名字呢？這不是苦惱；不是心酸；不是悲傷；當然也不是什麼歡喜。她試著把它們想作苦惱的餘燼，可能也不是，苦惱確實過去了。感情依然確切地、目不旁顧地運動著，像時鐘的指針一樣。失去所有意義的純粹感情，赤裸的、敏銳的、易感傷的、令人哆嗦……只是惡作劇般地確確實實地運動著。

節子打算以自由、平安至極的心情過日子，但她自己也弄不清楚有時怎麼會突然毫無理由地責罵菊夫，苛待傭人。

……節子進入了沒有迴響的世界裡。任憑你哭、你叫、你呼喊。半點回音都不會返回來。自己的聲音變得遙遠、嘶啞，一去不復返，消失在空闊的遠方。她不能換回那聲音。但她又讓不安慫恿著，必須再一次嗚咽，再一次吶喊，再一次呼喚。不久，聲音乾澀了，再也叫不出來了。

節子又開始了那漫長的下午。在對開式的窗邊的藤椅又再次成為她親近的物品。她又開始模仿雕像了。丈量院子裡陽光的漲落又成了她的必修課。

日復一日地天空明亮起來，枝頭抹上了綠色。人的身體卻不再枝繁葉茂了。節子夢見自己肩上、胸上停著隻小鳥，像往常老見到雕像上停著的小鳥；自由自在地鳴叫著，自由自在地拉屎，自由自在地飛去了。真的，成為真正的雕像倒也罷了。節子終於忍不住，違背了與土屋說好的這幾個月互不通信的約定，寫了封長長的信給土屋。

土屋先生：

和你分手後的痛苦，比我想像的要強烈得多。我第一次感覺到，我是真的愛過你。我那樣乾脆地下了決心，但還是違背約定寫信給你，請你原諒。

給你寫信現在是我能與你說話的唯一方法，你能讀到它，我會感到滿足、幸福。但是，這封信也只能是最後一封。要是能寫下去，我將傾注一生給你寫信。因為我對你的愛直到我死，都將持續不斷地在我心中燃燒。

全速飛馳的車忽然踩下剎車時會劇烈地震盪。我感受到了那種震盪。

這幾個月，我不斷在想那時候的事。儘管是覺悟後分手的，但我想像的與我現在嘗到的苦澀竟相差那麼遠。我喜歡你，愛你，你是我的支柱。我用盡一切地愛你，我的愛如何之大，只有在分手之後，我才清楚地體會到了。

不過現在這個地步，不會再有奇蹟出現了，只有靠我一個人的力量，來忍受這難以忍受的苦惱。不用說，這是我第一次經歷的苦惱，真的，真的很難受。不停地哭、不停地哭，眼淚流不盡的悲痛。但這痛苦又是和你的愛所給予的巨大幸福分不開的。

現在想起來，去年五月，你帶我去旅行那時可說是最幸福的時候了。但從那時起，我早已明白了歡宴終要散席，不過我還是將我對你的愛推向了高潮。有痛苦，無疑也有幸福。

你說沒有互揭瘡疤的分手真不錯，我也是深怕發生那種事。你我都不想不愉快地分手，我從心裡祝願，只讓美好的東西存在。

即使是撕肝裂肺的痛苦，現在的結果也是你我之間最好的結局了。真的，只有考慮歇手，沒有其他辦法。

以前，我老盼著，還有十天，還有一星期，就能和你見面了，那成了我的支柱。現在，這支柱消失了，但我對你的依戀卻比以往更甚。真想再見你一面，哪怕五分鐘也好，讓我見你一面吧。

你從我眼前離去，我全心全意地想著你，我的眼淚為你而流，我的腦中裝滿了你……我深深嘗到了人的軟弱，都說死別容易讓人忘卻，但生離是多麼讓人難熬呀。

在家裡，周圍的人用怎麼奇怪的眼光來看我，我無法說明；被誤解也無力辯駁；想求得人幫助卻無呼應，知我心者捨汝其誰。我不斷呼著你的名字。

想這樣不斷地寫信給你，一直寫到我的心情稍稍平靜為止。

我只需要你，只要有你就足夠了。你真不知我是多麼想立刻飛到你身邊去，但這樣又得打破我周圍的秩序，結果會因為我們倆而導致更多人的犧牲，我想，建立在旁人不幸上的幸福不能稱作幸福吧。還是讓我放棄吧。讓我只考慮我自己犧牲吧。我要守住這決心，拚命忍受一切。

再寫下去，只不過是相同話的重複。可是，每每想起為你動筆，是現在我和你唯一能夠的直接聯繫，我就不想擱筆。

這樣深深地愛著你，然而……正如前面所寫的那樣，緊急剎車後的震盪是不自然的；忍受它，讓我的精神活活受罪，真的十分痛苦。

然而，我拚命忍耐著。

我不想再做傻事。

最後，希望你也能給我最後一封信。痛苦中、寂寞中，常常只有你給我的幾分愉快的回憶陪伴我，我由衷地感激你。

給最親愛的土屋 節子

……………………節子沒有寄出這封信，撕了，扔掉了。

解說

孤獨與愛，同軌並生

張惠菁

《美德的徘徊》之中有一個場景，是當節子剛剛下定決心從婚姻跨出一步，戀愛的感覺正在她心底甦醒時，她和情人土屋去看電影，當晚約會十分浪漫完美，忽然，在走出電影院時，市區發生了大停電。原本明亮的街道陷入黑暗，人們紛紛從室內跑到戶外，在大街上鬧哄哄地交換著道聽途說。有人說，是豬苗代電廠遭到了炸彈襲擊。真的發生革命了嗎？戀愛中的兩人在人群間穿梭，像節慶又像世界末日。革命、暴動的想像，身外集體的不安，失去了街燈照明的黑暗城市畫出一塊身分禮法的治外區，讓他們的膽子大了起來。他們在公園之中親密，直到電力恢復，路燈大放光明。第二天早上，她才從報上知道停電的原因不是炸彈，而是雷擊。

今天距離《美德的徘徊》問世，已經超過六十年了。六十年來，比《美德的徘徊》更露骨描寫性愛，更為顛覆家庭倫理的文學和電影，比比皆是。現在的讀者，對書中的情慾描寫應該都能淡然處之，時間讓它不再是一部爭議的作品，我們反而可以回來關注這場「徘徊」的本身。這雖然是一部關於偷情的小說，但它自始至終都把鏡頭瞄準女性的一方，是發生在女主角身上的徘徊。男性情人只是布景一般的配角。使得整本書讀起來，像是三島由紀夫代替節子這個虛構的角色所寫的「懺情錄」式的文本。

三島由紀夫對節子應該是有很深的同情。這同情是他作為一個很好的小說家，把一名有點矯情的女性，越寫愈合理，越寫愈讓人同理，甚至或多或少在她身上看到一點自己。三島由紀夫寫節子無法控制的徬徨與迷惑，每個月當月經遲幾日來時無可言喻的悲哀，女性的身體與情感受到身外力量如月亮或潮汐影響的波動。節子這個角色，出身良好家庭，有點像是一隻膽小又好奇的鳥，張望著能否去哪裡銜來「經驗」的乾草，來把她的世界築成一個大一點的巢。她果然走出頭腦裡的好奇，再加上一些像市區大停電這樣的隨機事件，促成了情慾滋長，她把握住時機一躍而下，將自己交給了身體，此後便如同離開陸地泅入一片大海之中、在波濤般不斷湧至的各種存在的處境裡浮沉前行。經常的懷孕，墮胎的疼痛，無法與對方同步的心思，肉體愉悅之後兩人相處走向了貧乏，習慣情愛的刺激而變成愛的乞討者，懷疑，分手，猜測是否存在過愛……三島由紀夫使用了「少婦婚外情」這個故事的「格式」，徹底地開發出節子在外遇各種階段的存在感。而且只有她！整個歷程，三島由紀夫都讓節子一個人面對，沒有道德，也沒有敗德，只是她一個人，充分經歷著愛與慾的種種變形。甚至可以說，這場戀愛在三島由紀夫眼裡，幾乎和男方無關，是節子在愛慾中孤獨地拓展著她「自我」的振幅。

這其中是否有三島由紀夫自身的寫照？寫《美德的徘徊》那年，三島由紀夫三十二歲。他無疑是清楚「孤獨」的。《豐饒之海》的主題是「恆轉如暴流」，《美德的徘徊》是比《豐饒之海》規模小很多的作品，但兩部作品都直指人間情愛能有多熾烈，也能有多虛無。《美德的徘徊》的性愛場景並不算特別性感，迸發其間的孤獨感遠大於親密快感，與其說《美德的徘徊》寫的是一段戀情，不如說是在寫一種與情愛同軌並生的、孤獨的存在狀態。

在小說開頭，還沒有經歷這段婚外情的節子，作為一位寂寞的少婦經常在窗邊長坐。感覺自己就像一座雕像：「潮水般的陽光，漸漸從無聲站立的雕像身上退去，該是怎樣一種感覺啊。對外界沒有抵抗，也不讓外界靠近自己內部一步，如同青銅像一般，該是怎樣的感覺啊？」後來，和土屋分手之後，節子又回到窗邊，又有了想變成青銅像的念頭。從世俗的觀點，節子是「全身而退」的。她在愛情全然消失、或許終有一天將遭對方拋棄，或是偷情被人發覺，名聲受損之前，優雅地採取主動結束了這一切，不像安娜・卡列妮娜把自己拋到火車輪下去自殺。但在她的「全身而退」中，有一種深深的悲傷。不是惋惜愛情能否重來一次，能否有平行時空出現不同的美好結局。相反，是知道此時此刻就是唯一的時空，看見了終點的虛無但無計可施，於是，全身而退。

三島由紀夫沒有迴避，他寫出這段情慾的旅程，也寫出旅程終點深深的悲傷。

作者簡介

張惠菁

台大歷史系畢業，英國愛丁堡大學歷史學碩士。一九九八年出版第一本散文集《流浪在海綿城市》，其後陸續發表有小說集《惡寒》與《末日早晨》，及《閉上眼睛數到十》、《告別》、《你不相信的事》、《給冥王星》、《步行書》、《雙城通訊》、《比霧更深的地方》等作品集。

三島由紀夫文集 06

美德的徘徊
美德のよろめき

作者　三島由紀夫
譯者　楊炳辰
社長　陳蕙慧
副總編輯　戴偉傑
特約編輯　謝晴
行銷企劃　廖祿存
封面設計　謝佳穎
電腦排版　極翔企業有限公司

讀書共和國出版集團社長　郭重興
發行人兼出版總監　曾大福
出版　木馬文化事業股份有限公司
發行　遠足文化事業股份有限公司
地址 231新北市新店區民權路108之4號8樓
電話 02-2218-1417　傳真 02-8667-1891
email: service@bookrep.com.tw
郵撥帳號 19588272 木馬文化事業股份有限公司
客服專線 0800221029
法律顧問　華洋國際專利商標事務所 蘇文生 律師
印刷　成陽印刷股份有限公司
二版1刷　2019年3月
二版2刷　2022年10月
定價　新台幣280元
ISBN　978-986-359-649-3

國家圖書館出版品預行編目(CIP)資料

美德的徘徊 / 三島由紀夫著；楊炳辰譯. --
二版. -- 新北市：木馬文化出版：遠足文化發行, 2019.3
　面；　公分. --（三島由紀夫文集；6）
譯自：美徳のよろめき
ISBN 978-986-359-649-3（平裝）

861.57　108002596